人间正是
艳阳天

湘西十八洞的故事

彭学明

著

图书在版编目（CIP）数据

人间正是艳阳天：湖南湘西十八洞的故事 / 彭学明
著 . — 广州：广东人民出版社，2018.11
ISBN 978-7-218-13218-1

Ⅰ . ①人… Ⅱ . ①彭… Ⅲ . ①纪实文学—中国—当
Ⅳ . ① I25

中国版本图书馆 CIP 数据核字（2018）第 231805 号

Renjian Zhengshi Yanyangtian:Hunan Xiangxi Shibadong De Gushi
人间正是艳阳天：湖南湘西十八洞的故事
彭学明 著

版权所

出 版 人：肖风华

责任编辑：肖风华
责任技编：周 杰 易志华
装帧设计：米屋工作室

出版发行：广东人民出版社
地 址：广州市大沙头四马路 10 号（邮政编码：510102）
电 话：（020）83798714（总编室）
传 真：（020）83780199
网 址：http://www.gdpph.com
印 刷：北京博海升彩色印刷有限公司
开 本：787mm×1092mm 1/16
印 张：17.5 字 数：180 千
版 次：2018 年 11 月第 1 版 2018 年 11 月第 1 次印刷
定 价：68.00 元

如发现印装质量问题，影响阅读，请与出版社（020 – 83795749）联
售书热线：（020）83795240

Hunan Xiangxi
Shibadong De Gushi

　　十八洞是湖南湘西的一个苗族村落。因村落里有十八个山洞而得名。十八洞是因为习近平总书记的到访而声名远播的。

　　去湘西十八洞采访时，正是四月。十八洞的四月，像一个急急赶路见情郎的苗族姑娘，穿着刺绣的花衣，戴着闪亮的银饰，打着一把花花伞，边走边哼着苗族情歌。

足盏摇过山峦，山峦一片春色。银饰拂过层林，层林一片锦绣。情歌飘过水波，水波一片清明。春天了，十八洞的一切都崭新新的、脱胎换骨。山是崭新新的青，水是崭新新的碧，树是崭新新的绿，花是崭新新的艳，天是崭新新的蓝。就连阳光，都是崭新新的金黄。油菜花一片片地开在田间地头，像金黄的地毯，厚实而软绵。桃花一树一树地开在房前屋后，桃红的花香横斜一溜一溜的瓦脊和炊烟。远山近岭里，那一坡坡火红遍地的映山红、一洼洼白雪皑皑的梨花、一团团红白相间的樱花和一丛丛叫不出名字的野山花，像打翻了各种油彩和图画，明媚斑斓，次第铺展。那满山遍野的绿呀，新鲜清嫩得水灵灵的、油亮亮的，是雨丝刚刚滴翠的绿，是光彩刚刚描摹的绿。

生机勃勃的十八洞，打翻了各种油彩和图画，明媚斑斓，次第铺展。（摄影：石林荣）

去十八洞，完全是追随着习近平总书记的足迹。当我从电视上看到习近平总书记 2013 年 11 月 3 日到十八洞走访视察、访贫问苦时，说不出的惊喜和自豪！呀！习总书记去我们湘西了！习总书记还去花垣了！湘西是我的家乡，花垣县是我母亲的出生地，习总书记到了湘西，就像习总书记到了我家一样，说不出的亲切和自豪！看完新闻，我就迫不及待给当地领导打电话，想听到更多的消息和细节，期待有一天能去十八洞看看，感受感受习总书记对湘西的关怀和深情。

一个寨子的木板房，像一个寨子的老人，都有了年纪和资历，深一脚浅一脚地依山而行，傍地而走，高高低低，错落有致，或蹲或坐或站或卧，朴素而善良地迎接我们。赭红的木板壁，黑色的瓦屋顶，蜿蜒的石板路，成了十八洞寨子的三色堇。

到了十八洞，首先进的是梨子寨。

梨子寨，一个听起来就硕果累累、很甜很暖的名字，因为习总书记的到来而更甜更暖。寨子的档口，最先映入眼帘的是一块长方形的条石上几个鲜红而醒目的大字："精准扶贫"。这块湘西山地常见的石头，承载着一个国家温暖的记忆和一个村庄辉煌的荣耀，记录着一个国家应有的责任和一个政党必然的使命。刻在石头上，石头传情；刻在人心里，人心点灯；刻在天地间，天地作证。

厚厚的石头，就是一部厚厚的大书，无论怎样的地老天荒，都是大美无言、大爱无声。那些精准扶贫的点滴故事，都会经此传与世人。

村口第一家就是石拔专大姐家。这个早就喜气洋洋站在大门外迎接我们的人，是习总书记在十八洞走访的第一人。石拔专大姐出名，不仅仅是因为她是习总书记走访的第一家第一人，还因为她面对习总书记时的那份自然天成的纯朴。当习总书记亲切地拉着她的手问她认不认得他时，她真诚而热情地说：大哥，你贵姓？你是哪里来的稀客？央视《新闻联播》播出这个镜头时，我乐得啊真叫开心！这个大姐啊，好实在！好可爱！真是我们湘西人！

　　免不了，石大姐又要给我们复述她见到习总书记的场景，梦一样的场景。她说她太幸福了，讲一万遍一亿遍都讲不厌。

　　石大姐是用湘西话给我们复述的。

　　她说：那天来了好多人，我也不晓得来的是哪个，就坐在屋门口看热闹。习总书记问我这是不是你屋？我讲是的。习总书记问可不可以到屋坐下子？我高兴得赶快拖着习总书记的手往屋里走，边走边讲，可以可以，稀客稀客。习总书记问我认不认得到他时，我真的认不到，我屋穷，米得（没有）电视，就老老实实地讲，认不到，问他大哥贵姓，是哪里来的稀客。习总书记讲他是人民的勤务员。

　　唉，真不好意思。我哪门（怎么）不晓得习总书记呢？当然晓得！全世界都晓得，我当然也晓得，我又不蠢不傻，哪门会不晓得？我们今天的好日子都是习总书记和共产党带来的。只是我屋米得电视，米见过习总书记，想不到习总书记会到我们十八洞这个乡旮旯里来，更想不到习总书记会到我屋来，做梦都米想到。

习总书记看了我屋粮仓，问我粮食够不够吃，我讲够吃，还有多的拿出去卖，买油盐。习总书记问我种不种果树，我讲米种，现在米有时间种，在修屋，等屋修好了再种。习总书记又问我养不养猪，养了是杀了吃还是卖，我讲是用钱的多，养了卖。习总书记还走到猪栏边，看我养的猪肥不肥。

我最开心的是习总书记问我有多大，晓得我比他大时，讲你是姐我是弟。你们看，你们米有我幸福吧？你们跩在北京看不到习总书记，我跩到屋里看到习总书记了，习总书记到了我屋里看我，还讲我是他姐他是我弟，你们讲，我好幸福啊！

说这些时，石拔专大姐幸福的笑容一直花一样从心里开到脸上，灿烂而生动。的确，石大姐的幸福是从心底里生的，她对习总书记的感情也是从心底里生的。

自从她知道去看望她一家的是习总书记后，幸福就没有离开过。她说，她们一家天天都在想念习总书记。有时候

石拔专大姐说：我以前吃米有吃的，穿米有穿的，现在要什么有什么，一年四季餐餐有肉吃，神仙过的也就是这样的日子了。

（摄影：李健）

做梦还梦到习总书记到她家里。习总书记离开十八洞后，她做的第一件事就是把习总书记坐过的那把椅子系上红绸，当作最珍贵的财富珍藏起来。第二件事，就是每天一到晚上就跑到别人家里去看电视，等着看《新闻联播》，等着看习总书记。现在，她家里生活好了，买了电视，再不用跑到别人家里看习总书记了。

她说：真的要感谢习总书记，感谢党和政府。我以前吃米得吃的，穿米得穿的，要什么米得什么，现在要什么有什么。我这几年都杀了年猪，一年四季餐餐都有肉吃，神仙过的也就是这样的日子了。

石大姐年轻时，是远近闻名的美女。如今虽然快 70 岁了，岁月依然没有消融她的美丽，让她美过岁月，出落凡尘。在她脸上，你看不到一丝岁月的皱纹。可是，美丽并没有给出身穷家的石大姐带来一丝一毫的财富，相反是雪上加霜的贫穷。

她没有读过一天书，不认识一个字，大半辈子了，连县城都没去过。她十几岁就嫁给了同样贫穷的施吉文，生了两个女儿。尽管夫妻俩一天到晚勤爬苦做，还是改变不了贫穷的命运。

一代是穷的，二代是穷的，本以为嫁出去的两个女儿可以富起来，没想到，还是穷的。大女儿生了四个女儿，二女儿生了两个儿子，不但都不在身边，还都穷得帮不了石大姐老两口一分钱一两米，只能靠老两口自己养活自己，自己照顾自己。

石大姐的丈夫施吉文 70 多岁的人了，还自己一个人背起 100 多斤的石头砌屋门前的台阶，扛起 100 多斤的打谷机到田里打谷子。上次，我来石大姐家时，还看到了施吉文老人，他趴在窗台上默默目送我们远去的身影，被我拍成了照片，放进了十八洞的相册。不想，他因脑萎缩已驾鹤而逝了，那张照片，就成了他最后的留影。现在就剩石大姐孤零零的一个人。两个本就积贫积弱的人，是两根相依为命的稻草，突然有一根断了、没了，另外一根稻草，该是多么的悲伤、悲痛和无助，那日子该是多么的不幸和煎熬？

厚厚的石头，就是一部厚厚的大书，无论怎样的地老天荒，都是大美无言、大爱无声。

（摄影：石林荣）

幸好，村里早就来了精准扶贫的工作队。石大姐的老伴还在世时，花垣县扶贫工作队就因地制宜，对石大姐一家进行了精准扶贫。花垣县驻十八洞的第一任扶贫工作队队长龙秀林和第二任扶贫工作队队长施金通都将石大姐一家作为精准扶贫对象，给她送去了榉木苗、梨树苗，并帮助她各种了三亩。如今三亩榉木已经有一人多高，三亩梨树已经开花挂果，丰收在望。

　　石大姐的老伴去世后，县委县政府担心石大姐一人孤苦，特地给石大姐的小女儿做工作，请她把一家的户口，从保靖县迁回十八洞，方便照顾石大姐。同时，分头给十八洞村民做工作，请村民接纳石大姐小女儿一家安家落户。

　　考虑到十八洞游客多，到十八洞的游客又都要到石大姐家看看，县委县政府联合扶贫工作队，帮助石大姐在家开了一个小商店，卖饮料、糖果、方便面等日用品。开业当天，营业额就达上千元。

　　令我惊奇的是，小店里还有沈从文的《边城》和我的《娘》两部著作，不到三个月，这两部著作就销售了近一万元。我问现任扶贫工作队队长施金通，商店的货架货柜是县里出钱买的还是石大姐自己买的，施金通说，是县里出钱买的，进的第一批货也是县里出钱进的，有了第一批货赚的钱，石大姐就有周转资金了。

　　我又问施金通：石大姐怎么会卖沈从文的《边城》和我的《娘》两部作品，是你们扶贫工作队让卖的吧？

施金通说：是的，《边城》写的是我们花垣县的茶峒，你写的《娘》是花垣县下寨河的苗族女儿，都是宣传我们花垣和湘西的代表作，我们想借此宣传我们花垣和湘西呢。

事实证明，这两部作品的确很受欢迎，既宣传了我们花垣和湘西，又能帮助石大姐脱贫致富。

说话间，石大姐从房间里拿出了一个红绸包。

我问：这是什么？

施金通抢着说：这是石大姐的传家宝，来了贵客，她才拿出来。

石大姐把红绸一层层解开，露出一本书来，原来是《习近平谈治国理政》。

施金通说：石大姐听人说习总书记也写书，就托人要买，我们扶贫工作队就给她送了一本，她激动得捧在怀里不肯松手，连说感谢。后来用红绸子包起来放在床头，天天看。石大姐说，她天天看不是看字，她不识字，她是看人，看到这本书，她就像看到了习总书记，是个念想。

听说是石大姐珍藏的习总书记的书，有个游客要花一万元买这本书，石大姐坚决不卖。石大姐说：我们习总书记写的书，我怎么能卖给你呢？十万块钱也不卖，再多的钱也不卖，这是传家宝！"我们习总书记"，说得多么亲切！"传家宝"，显得多么珍贵，又是多么珍惜！这种发自内心的自豪感，是想装也装不出来的。

离开石大姐家时，石大姐从炕上取了两块腊肉交给我。

她说：兄弟，你是我们湘西人，是屋里人，大姐什么也米有带的，你把这两块腊肉带给习总书记，让习总书记试下子好不好吃。

我说：大姐，我见不到习总书记，你的礼物和心意，我带不到。

石大姐不甘心地说：你想办法带啊。

我说：大姐，我真带不到，习总书记忙着呢。

石大姐有些失望地说：你真见不到习总书记？

看着石大姐失望的眼神，我心里居然有了难以言状的愧疚，她的愿望和情感如此真诚，我却无能为力，心里不免难过。

石大姐拉着我的手，久久不肯松开。

她说：那你能不能给习总书记带个信，让他莫牵挂我们，安心工作，我们现在什么都好。你跟他讲，我们都好想他，让他今年转屋里来过年。

不知怎么的，石大姐的这几句话，居然把我的眼泪一下子引出来了。这是多么巴心巴骨的话？"转屋里来过年"，这纯粹是对家里人说的话，是对最亲的人说的话，石大姐是从骨子里把习总书记当作自己家里人、当作自己最亲的人了。

Hunan Xiangxi
Shibadong De Gushi

　　我们去看的第二家，是施成富家。这也是习总书记到的第二家。习
总书记提出的"实事求是、因地制宜、分类指导、精准扶贫"战略就是
在施成富家座谈时首次提出的。

相对石拔专大姐家的木屋透出的古老沉静，施成富家的木屋显得新鲜生动。施成富家是这个寨子最高、最宽的，用湘西话说：敞亮。进门前，有一个小小的朝门，是迎宾的。穿过朝门，有一截几十米的石板路；过了石板路，就是施成富家的小木屋。

小木屋是新翻修的，没有岁月沧桑的陈年旧色，而是一派岁月刚来探访时的新鲜印记。墙壁的木板是新的，玻璃的门窗是新的，厨房和厕所贴的瓷砖是新的。柱子和门框上的对联也是新的。门口贴着一个大大的"福"字。房檐上挂着几个小小的灯笼。整个房屋全用桐油刷了一遍，铮亮铮亮的，好像桐油把阳光全凝固在了木板上一样。轻轻一嗅，桐油的清香，木板的清香，阳光的清香，都从房屋里散发出来。这些变化，都是习总书记来到十八洞后发生的。

家门前，是一个石板铺就的坪院，湘西人叫坪场。最醒目的，是坪场里围成弧形的十来把椅子。其中一把也系上了红绸，十分醒目，那是习总书记在施成富家座谈时坐的。没有客人时，施成富就会这样还原现场。他说，那是他祖祖辈辈都不会忘记的场景，他要祖祖辈辈这样摆放下去。

施成富家。习总书记"精准扶贫"战略就是在施成富家座谈时首次提出的。（摄影：石林荣）

是的，那是他一家人最幸福的场景。说起习总书记来访，施成富一家的幸福就溢于言表。施成富的爱人龙德成快80岁了，虽然脸上淡淡的皱纹和深深的古铜色也昭示了时光留下的痕迹，但她的笑容却一点也看不见岁月的风霜，行动也看不出身体的沉重。爽朗的性格和敏捷的动作，证实了她的年轻。

　　见我们到来，龙德成高兴地疾步跑到朝门口迎接我们，拉着我们的手就往家里迎。她说，那年，她们一家人就是站在朝门口迎接习总书记的。她们当时不晓得是哪个要来，只知道有领导要来看望，让她们在家里等。她们一家就站在朝门口等。当看到习总书记在面前出现时，她们一家一眼就认出来了。激动得喊：习总书记！但还是做梦一样不相信这是习总书记。直到县里乡里领导告诉他们习总书记来看他们时，一家人才从梦中醒来。龙德成见这么大的贵客来看她，激动得赶紧伸出手，热情地拉着习总书记的手往家里迎。施成富也赶忙拉住习总书记另外一只手往家里迎。

　　习总书记问：你认不认得我？

　　龙德成连连回答：认得认得！我天天在电视新闻上看到你！

　　习总书记问：像不像？

　　龙德成：像！一个样子！

　　施成富也笑着接口说：本来就是一个人！

　　龙德成说，她看到习总书记那么高大，就想看看习总书记到底有多高，想跟习总书记比比，看齐习总书记哪里。"习总书记这么高大，我跟你比比，看我齐你哪里？"龙德成落落大方，一点也不怯场。习总书记就停下来，让龙德成比。龙德成先是就那么站着，用手从自己头顶上一直往习总书记方向比画，看齐习总书记哪里，后又踮起脚尖，用手往习总书记比画，看齐习总书记哪里。引得大家一片欢笑。

我问：你敢跟习总书记比高，你不怕啊？

龙德成说：那怕什么啊？他是国家主席，全国人民都是他的亲戚，我看见他就像看见亲戚一样，一点都不怕。

施成富说：我也一点都不怕。习总书记一点架子都米有，好和气，一脸的笑。

人 间 正 是 艳 阳 天

——

春天了，十八
洞的一切都是
崭新新的，脱
胎换骨。

（摄影：瞿明田）

18

龙德成说：那怕什么啊？习总书记是国家主席，全国人民都是他的亲戚，我看见他就像看见亲戚一样，一点都不怕。（摄影：李健）

到了施成富家，习总书记看得很仔细，粮仓、卧房、厨房、猪圈、卫生间都看了。然后，又在施成富家旁边的田边地头走了走，看田边地头种了些什么。

施成富家前面是一大片莽莽苍苍的青山。站在施成富家门口，就能更真切地看到十八洞的面貌。原来十八洞不仅是坐落在几座大山的台地上的，更是位于附近山峰最高的台地上的。虽然十八洞依然是山的世界，但经过山与山的千回百转，十八洞一下子开阔起来。到了十八洞，这个世界一下子能够望得见远处和远方，看得见天际和未来了。

于是，你就知道你来到了山的最高处，知道十八洞就在山的最高处。近处，远处，再远处，更远处，都是一层层错落铺排的沟与壑、岭与峰，是一幅幅山的墨线勾勒出的丹青和水彩。那沟与壑、岭与峰，都随着极目所至，一层一层的，由山变岭，由岭变峰，由峰变巅，由巅变尖，最后变成点、变成线、变成辽阔的地平线。放眼望去，那一望无际的深远辽阔，就像一望无际的海洋，千万山峦山峰航行，千万山巅山尖扬帆。

就这样面对着眼前一条条刚直而妩媚的风景线，习总书记坐下来，与村民和干部，问寒问暖。

就这样面对着眼前一幅幅震撼人心的壮丽画卷，习总书记坐下来，与村民和干部，寒暄座谈。

背后，是一片宁静祥和的村庄、一群灿烂质朴的百姓、一座坚实嵯峨的靠山。

水，电，路，医疗，教育，农业产业，乡村旅游，留守老人，妇女儿童，习总书记一一进行了询问和了解。村民和干部一一进行了回答。拉家常的贴心话。贴心话的拉家常。十八洞百姓那种天然的质朴真诚，习总书记那种本色的平易亲和，使得整个考察过程都其乐融融，充满了欢笑。就像大地与泥土，天空与星辰，阳光与雨露。

就这样面对着眼前一条条刚直而妩媚的风景线，习总书记坐下来，与村民和干部，问寒问暖。（摄影：姚茂祥）

一个国家的主席、一个政党的舵手，一个国家的百姓、一个民族的人民，就这样在这如画的村庄里共同描绘出了一幅国家脱贫攻坚的美景。

习总书记说：来到湘西土家族苗族自治州，目的很明确，就是想来看看湖南的少数民族，湘西主要就是苗族和土家族占多数。上午看了凤凰山一个土家族村，下午来到十八洞苗族村，我从北京专程飞到这里，等下还要回去，就是来看望大家，看望父老乡亲，想了解一下大家生产生活的真实情况。所以我来，就不要你们跟我临时掺假、先收拾收拾，是什么样就什么样。你们有什么困难，有什么需要党中央和国家做的，大家说说，提出来。

在听了大家你一言我一语地介绍村里情况后，习总书记说：刚才，大家谈到了发展、产业、教育、卫生、扶贫、基础设施等问题，这些是你们也是党中央关心的问题。关于你们提出来的怎么改善群众生活，怎么能够创造更美好的十八洞新的明天和幸福的生活，你们讲到了十八洞村的梦，这应该是一个很美好的梦。我感觉就是这里确实比较边远，交通不方便。这里的生产生活条件相对差，生产没发展起来，生活肯定好不起来，生产好了就有收入了，生活自然能改善。

这里就是一亩薄田，水田也不多。家里有条件养养猪、养养牛，不像上午看的土家族村子，有果园，水果收入很不错。这里是部分家里有一些，不成规模，其他的好像也没有什么来源，集体收入也没有。在这样的情况下，怎么脱贫致富，到底走什么路子？

一是要重视，中央是非常重视的，各级都很重视，还要更加重视。

现在抓好脱贫致富这个战略问题，全中国都知道。中国共产党成立一百年要实现全面小康，实现全面小康就是要使还处于贫困状态的地方也能够好起来，但是也不要说同步，同步你也做不到。好的地方快，差的地方也不可能一下就能好起来，这样有很大的水分。特别是要着重改善那些最贫困的地方，我们全面小康才能够切实地保障他们，这就是扶贫攻坚的任务所在。中央现在已经明确了下一步扶贫攻坚的阶段性任务，按照 2300 元这个贫困标准，十八洞村只有 1400 元，就是我们扶贫的对象，对贫困线以下的地区要特别重视。

二是要实事求是，因地制宜。这个地方适合怎么脱贫致富，就做什么样的工作。十八洞村和菖蒲塘村不一样，湘西和怀化也不一样，武陵山区和罗霄山区也不一样，湖南跟湖北也不同，所以还是要分类推进，把工作做细，我们现在叫作"精准"扶贫。

湘西扶贫，我们要花钱，要采取措施，但是有穷的，也有不穷的，不能把不穷的扶了，把穷的撂在一边。要实事求是，对于十八洞村来说，路再修也是边远，现在已经有了水泥路，再扩大一倍，路也就这样，还会破坏生态，不可能把高速公路修到十八洞来。十八洞村地处边远，边远怎么发展经济？

对十八洞村来讲，就是把几亩薄田种好，但是种什么也不是一个简单的问题。年纪大的，知识也有限，新技术、新产品不一定会做。再就是养什么？养殖需要本钱，需要技术和市场。还有就是发展旅游业，十八洞村有很好的条件搞旅游，矮寨大桥不错，周围风景像个"小张家界"。

还有凤凰古城，凤凰旅游要注意保护古城，不要随意扩容，人为造景，搞成假古董。

所谓的"扩"只能是延伸。凤凰的旅游重点在古城这块，把凤凰古城旅游业往周边延伸。周边延伸也得因地制宜，适合搞就搞，有的地方适合搞乡村旅游，就搞乡村旅游。十八洞村要是搞旅游就是村里这块，原汁原味的房子怎么把它保护好、改造一下。改造得宜居，改造得卫生，改造得设施比较完善，然后有一些导游做一些引导，能讲出些故事，然后再发展。能发展成什么样，我们也料不到，这有一个过程。

一个寨子的木板房，像一个寨子的老人，都有了年纪和经历，朴素而善良地迎接我们。按照习总书记指示原汁原味改造和修缮的特色民居，正焕发着青春的活力与生机，成为十八洞乡村旅游的生动笑颜。

（摄影：石林荣）

这里我们主要讲思路。十八洞村种什么、养什么、能不能搞旅游，要认真研究规划。这里搞工业肯定不行，可以搞些绣花，这是十八洞村的特色，将来发展起来了，让人纳鞋底子，这些手工艺品可以搞，能不能再提升一下。再就是留下来的青壮年不多，有本事的都出去了，出外打工是一条路。下一阶段扶贫，在这些条件比较差的地方怎么解决留下来的"993861"，就是除了老年人、妇女、小孩以外，其他人都出去了，留下来的人怎么让他们过上舒心日子？

政府就要解决一些公共资源配置的问题，比如修路、水、电、电视等，要有基本保障，贫困线以下的要达到什么标准，这个要做好。年轻一代人的事，除了就地创业和回来发展生产外，下一代孩子不要输在起跑线上，将来都能够有受教育的机会，除了义务教育以外，将来有机会要上大学，他们的下一代不至于再继续过贫困日子。对于这些地方教育怎么办要好好研究。十八洞村离乡政府所在地又远，一二年级如果留下来，怎么加强教育，怎么办好在中心小学的寄宿制。

再就是给青壮年找路子搞就业，青壮年搞就业需要培训，怎么把培训做好，培训不是说学会炒回锅肉，然后就开餐馆，餐馆那么好开啊？谁家开都赚钱？竞争那么激烈。我去过一次永顺的猛洞河，那个地方家家都挂刘晓庆米豆腐，光挂这个就赚钱了？开100家，最后只需要50家，还是不赚钱。所以就业门路要多一点，要把这个问题解决一下。

一是发展生产，实事求是地讲能抓什么，实实在在地抓什么；二是从公共服务的角度，应该给贫困村什么保障，切切实实的保障；三是要真真切切为了下一代，让他们接受教育。我们要在 2020 年以前把这些事做实。山区为什么穷？前提就是它处于一个生存条件不利的情况，这个条件你改变不了，愚公移山也改变不了，在承认这样一个现实条件的情况下，怎么脚踏实地，做好能做的工作？所以，在抓扶贫时切忌喊大口号，也不要定好高骛远的目标，实实在在地一件一件事做实做好。

对于大家提出的问题，我交给省委、省政府，交给州委、州政府，交给县委、县政府。你们来帮助研究这些问题，看看下一步怎么解决，想一些办法，实实在在、实事求是地做。不搞"栽盆景"，认为总书记都去过那儿了，那儿就要搞得跟别人大不一样，不能搞这些。也不能搭风景，不能搞得过好，人家学不了。要解剖麻雀。湘西这个贫困地方怎么走上脱贫致富道路，就是要根据群众愿望和当地实际，一条一条地研究解决，形成成功经验可以全面推广。

"实事求是、因地制宜、分类指导、精准扶贫"的宏伟战略，就是这样飞越千山万水，唱响中国，影响世界的。

为精准扶贫衷心点赞的施成富、龙德成夫妇。（摄影：石林荣）

习总书记的到来，让施成富和龙德成的小儿子施全友看到了未来和希望。

施成富和龙德成有三儿一女，十个孙儿孙女，四个重孙，四世同堂。儿孙们都在外打工，只留下老两口和几个重孙相依为命。施全友在浙江打工时，在《新闻联播》上看到习总书记到了自己家里，激动得几天几夜没有睡着。

他跟远在广东打工的未婚妻孔铭英发短信说：习总书记到我家了！正在炒菜的孔铭英根本不信，回信说：你尽讲天话！施全友急了，继续短信：真去我家了，你看新闻！孔铭英还是不信，回信说：你发烧讲胡话吧？你个神经病，懒得理你！施全友更急了，一个电话打过去，给孔铭英绘声绘色地说了老半天。孔铭英这才有点相信，上网搜索，真搜到了习总书记到了十八洞和施全友家的消息。

跟施全友一起打工的工友说，习总书记到了你们村你们家，你们发家致富的机遇来了，赶快回去，还在这里打什么工？施全友觉得工友们说得对，就真买了车票打道回府了。他想，习总书记到了十八洞，提出了精准扶贫，各级政府肯定会下大力气出台各种政策精准扶贫。十八洞肯定不会落后，肯定会精准脱贫。作为十八洞的一分子，特别是接待过习总书记的家庭，更不能落后，更应该想办法脱贫致富。

一回到村里，施全友就感到了不寻常的变化。首先是外界对十八洞的关注度前所未有的高。默默无闻的十八洞，因为习总书记的到来，全国闻名，不断有人到十八洞来参观。而到了十八洞的人又都会到他家来看看，都会为十八洞的景色赞叹迷醉。于是，他就想在自己家里开一个农家乐。

他把这个想法告诉给未婚妻孔铭英时，孔铭英照样认为那是天方夜谭，不相信会有那么多人跑那么远的路去十八洞。孔铭英说：穷山恶水的，哪个会跑去吃苦嘛？施全友就信誓旦旦地告诉她是真的，十八洞有人开农家乐已经发大财了。并给她发了很多游客的照片，特别是发了不少同村人开农家乐生意火爆的照片。

孔铭英信以为真，也就辞了工作，跑到十八洞来了。

来了才知道，施全友给她发的那些照片不是十八洞的，而是相邻的吉首市德夯风景区的农家乐。

孔铭英是重庆秀山县人，与花垣县一河之隔。民风相同，习俗相同，饭菜味道也相同。她跟施全友是网上结缘认识的。第一次到施全友家时，家里的破败令她终生难忘。矮小的房子破旧得像几根芭茅秆撑着，歪歪斜斜，摇摇欲坠。门是坏的，窗是坏的，床是坏的。猪就睡在床铺底下。她待上一天就待不下去了，只好打道回府了。

好在扶贫工作队进行民居改造，施全友家的住房条件才得以改善。尽管房子修好了，可十八洞的山高路远，贫穷落后，依然超出她的想象。所以，她曾几次断了将终身托付给施全友的念头，只是作为一个普通朋友交往。可是，她又念着施全友一家对她的好，又舍不得断然拒绝，就这样将信将疑地又来到了施全友家。

没想到，施全友居然是用其他地方的照片把她骗来的，真是气不打一处来。不过，很快她气就消了，一是施成富夫妇对这个未来的儿媳妇特别疼爱和信任，一来就把家交给她管了。二是她也的确看到有游客到十八洞来，到公婆家来。施全友也没有完全骗她。再说，自己未来的丈夫能够穷则思变，是好事，嫁给这样的丈夫，可靠。于是，她决定跟施全友开个农家乐试试。反正田里地里，什么都是现成的，只是多买些碗筷而已。

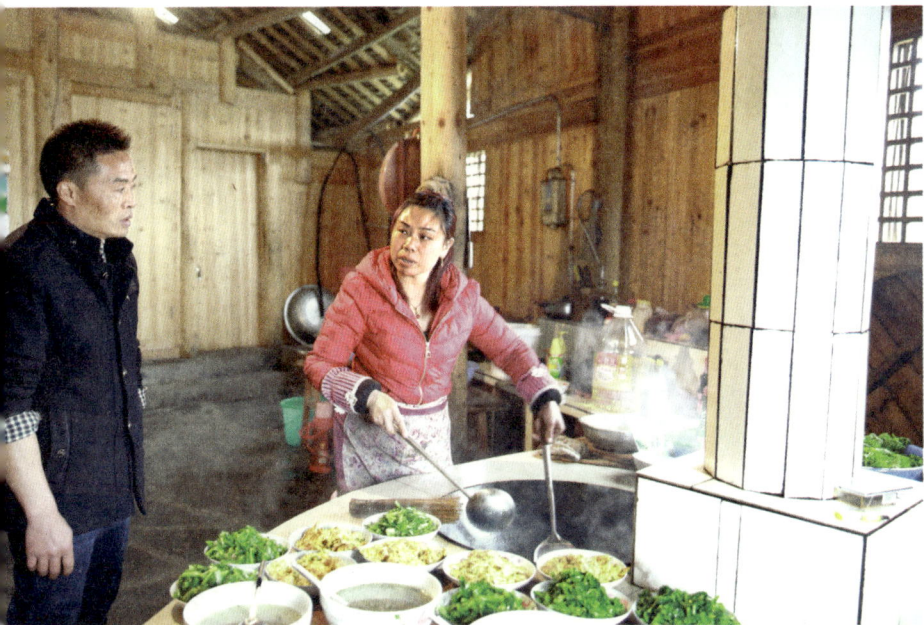

在自家农家乐忙碌着的孔铭英、施全友夫妇。孔铭英说：我最想的，是盼望习总书记再来十八洞看看，我要亲手炒几个好菜招待习总书记，表达表达我们老百姓的心意。

（摄影：龙志银）

接待的第一批客人只有两个，来自长沙。客人要了一个青椒炒肉，一个豆芽，一个汤。是孔铭英炒的。客人边吃边一个劲地叫好！直说乡下的饭菜就是好吃，比城里的山珍海味都好吃！还说，来十八洞看到了好风景，吃到了神仙饭菜，没有白来！吃完，也没问要多少钱，直接给了 200 元！

孔铭英说，可真把我们一家人都吓坏了，就一个青椒炒肉，一个豆芽，全不值钱，给了 200 元！好像我们开黑店一样，坚决不能要！就当是客人路过我们这里走累了，到我们屋歇下气，哪能收钱？何况这么多钱？

客人坚决要给，孔铭英和施全友坚决不收。要收也只肯收 50 元！推来推去，双方各让了一步，收了 100 元。临走，客人一再嘱咐和鼓励孔铭英和施全友，菜就坚持这样的味道，城里人吃不到的味道，一定会红火！

这第一餐农家乐，就这样以主客双方发自内心的真诚和满意而开始。主客双方就此成了朋友。客人回长沙后，介绍了很多朋友来施全友家。

正如客人所料，施全友和孔铭英两口子开的农家乐以价廉物美和真诚热情闻名遐迩，越来越红火。凡是来这吃饭的都是 30 元一个人，8 个人一桌，一桌 10 个菜，哪个菜吃完了，就免费添加，不让浪费，却管吃饱吃好。这几年，每天的客流量都有 100 多人。最忙的时候，一天有 300 多人。年纯收入 10 多万元。有一次，孔铭英数钱时，不小心被钱刮破了手指，鲜血直流。客人开玩笑惊呼：哇！老板娘数钱手都数出血了！

施全友和孔铭英两口子开的农家乐，以物美价廉和真诚热情闻名遐迩。

（摄影：石林荣）

一户带动一村人。仅孔铭英和施全友居住的这个小组就开起了五六家农家乐，家家都是按30元一人、菜不够就加的标准来接待客人，都很红火。

孔铭英和施全友不但热热闹闹地办了婚事，还新盖了房子，买了小轿车，名副其实地脱了贫致了富，过上了美好的幸福生活。孔铭英说，有部电视剧叫《媳妇的美好时代》，我就是那个赶上了美好时代的好媳妇，我公婆就是赶上了美好时代的好公婆。

说到这里，孔铭英突然声音哽咽，流起泪来。原来是她想起了自己的母亲。

她说：我家姊妹多，十姊妹，我娘苦了一辈子，即便日子好了，也一辈子节约，这也不准我给她买，那也不准我给她买，死的时候跟我说，想把我的金项链戴一下。我哭着跑到花垣县城给我娘买了一根金项链，我娘戴了三天就死了。我想起来就难过，就要哭！好在我公婆身体很好，也爱生活，我还有孝敬的机会，他们要什么，我就买什么；他们不要的，只要我想到的，我就买给他们。

孔铭英抹泪的时候，施成富和龙德成把话题接过来了。

施成富说：感谢习总书记！习总书记若不到十八洞来，我们就过不上这样的好日子，我那小儿子就不会引来这样好的儿媳妇。其实，我三个儿子早就结婚了，但家里太穷，三个儿媳妇都吃不了这苦，都离婚跑了。现在，我三个儿子都过上了好日子，又娶了新媳妇，我们两个老的，死了也放心了。

孔铭英说：我们家变化的，不仅是物质上的变化，还有精神上的变化。不讲别的，就讲我婆婆。我婆婆从小命苦，父亲很早就死了，一个哥哥和一个弟弟都被土匪抓走，生死不明，婆婆一个人成了孤儿。那时候不晓得是哪门活过来的，不饿死病死就是老天爷可怜了，哪里还读得起书。所以，婆婆认不得一个汉字，讲不得一句汉话，哪里也不敢去，就连乡政府都米去过，去了怕找不到路回来。

唯一出过的一次远门，是七十年代时跟大家一起坐手扶拖拉机帮牛奶场割牛草，割着割着，跟大家走散了，找不到路了，又不会讲汉话，坐到路边哭，是好心人把她送回来的。我们屋里虽然买了电视，我婆婆根本听不懂，她讲听起来都像鸟叫，都要我公公翻译。去年，我讲跟她买部手机。她不要，说，她哪里也不敢去，拿个手机也不晓得按哪里，像拿着一个手电筒。现在不同了，天天嚷着跟我学讲汉话，认汉字，什么"你好""谢谢""吃饭""慢走""请坐""麻烦了"等这些最常见最简单的日用汉语，她都会了。

施成富笑着说：你们不晓得，她学讲汉话学出好多笑话。客人跟她讲"感谢"，她本来应该说"不用谢"，不会讲，就讲成了"米有谢谢"。我大儿子就住在我屋下面，也开了家农家乐，她喊客人到大儿子屋里吃饭，本来想喊：快去，到老大屋下面吃饭去。却喊成了：快去，到老大屋下面去！客人们就讲，我们不要面，要饭！

龙德成见老伴笑话自己，笑着把施成富一拍：你还笑我！你看你小

35

时候吃糖吃多了，把牙齿都吃打落完了，笑得难看死了！

然后得意地张开嘴巴，指给施成富：你看我，你看我，满口白牙，一颗都米打落！

沉默寡言的施全友听着也来了神，对我们说：你们不晓得，我娘还要我教她认手表、认时间。还赶时髦，要我们给她买了双高跟鞋。天黑了，米有客人时，她就穿着高跟鞋，扶着墙壁学走路。夕阳红，老来俏！

一家人，都笑成了春天的花朵。

临走时，我们问：你们有什么心愿？

施成富说：我们没什么心愿，就是牵挂习总书记，他一个人操劳这么大一个国家，太不容易了，千万要保重身体。看他无日无夜地操劳，心疼。我们乡里人米有什么好东西，就是些腊肉、香肠、糍粑、小河鱼、土鸡蛋，都是你们城里人讲的米有污染的原生态，一直想给习总书记寄一点，补补身体，不晓得哪门寄，不晓得你们能不能帮我们。

日子比猕猴桃还甜的孔铭英、施全友夫妇。孔铭英说：我就是赶上了美好时代的新媳妇，我公婆就是赶上了美好时代的好公婆。（摄影：石林荣）

我说：帮不了。

龙德成急切地用苗语跟施成富和一家人说了一句什么，我们没听懂，问孔铭英：你妈妈说什么？

孔铭英笑着说：我妈让我们求你们想办法把东西带给习总书记。

我听后，想了想说：我把你们的心意写进文章里吧，习总书记如果能看到，就知道你们的心意了。

龙德成又用苗语说了句：文章又不能当饭吃，习总书记还是吃不到我们乡里的东西。

施成富反驳老伴，说：总比不写好。不写，习总书记就不晓得我们好想他！写，一定要写！

孔铭英补充说：我最想的，是盼望习总书记能够再来看看十八洞，再来屋里看看、坐坐，我要亲自炒几个好吃的菜，招待习总书记，表达表达我们老百姓对他的想念和心意，不晓得这个愿望能不能实现？

03

Hunan Xiangxi
Shibadong De Gushi

　　在十八洞，我们还特别去见了一个叫龙先兰的小伙子。小伙子是真正的帅哥，大眼睛，柳叶眉，桃红脸，香蕉鼻，又硬朗，又清秀。用湘西话说，是标后生、人尖子。小伙子刚刚结婚，所有门楣和柱子上还贴着喜气洋洋的结婚对联和"喜"字。新婚的喜气和初潮，还生动地在他脸上泛着光晕。

龙先兰和妻子吴满金的日子过得像蜂蜜一样甜。"我脱贫了，脱单了。
我们很幸福！"（上图摄影：李健　下图摄影：杨建军）

龙先兰 1987 年生，刚过而立之年。可是因为家庭的变故，用他自己的话说，前些年都白活了。因为父亲去世，母亲改嫁，龙先兰成了孤儿。亲情和管理的缺失，使他伤感、无助，像一匹脱缰的野马，孤独，暴烈。

　　酒，成了他排遣一切的良药。酒里逃避，酒里麻醉，酒里欢愉，酒里疗伤。哪里喝，哪里醉；哪里醉，哪里睡。无论在家乡劳动还是在他乡打工，人们经常会看见一个年轻帅气的酒鬼醉睡路旁。父老乡亲和他自己都以为这辈子就这么完了，以为他这一辈子就是一个酒鬼、酒糟和酒渣子了。不想，习总书记对十八洞的造访，让他起死回生，重新活过来了。

　　习总书记到十八洞时，他正在广东打工。他开过机床，做过零部件加工，还做过玩具。他从来不看新闻，所以根本不知道习总书记去十八洞访贫问苦的事。是家乡的伙伴抑制不住兴奋打电话告诉他的。他又抑制不住兴奋告诉了打工的工友们。工友们得知习总书记所到的地方是他的家乡后，就告诉他，不要再打工了，赶快回去，总书记都给你们送钱去了，你们那儿肯定要有翻天覆地的变化。

　　龙先兰就这么回到了十八洞村。

　　回到十八洞的龙先兰，以为总书记真的给十八洞带了好多好多钱，第一件事就是找当时还是村主任的施金通要钱。施金通说没有，他不信，又找到当时的扶贫工作队队长龙秀林要钱。

　　龙秀林说，先兰，总书记是给我们送钱来了，但不是送的真金白银的票子，而是党的关怀和温暖，是脱贫致富的思想、政策和理念。有了党的关怀和温暖，有了脱贫致富的思想、政策和理念，就是最大的财富、最大的钱。扶贫不仅仅是扶钱，更主要的是扶志，"等、靠、要"是没有志气的表现。你回来了，是好事，说明你有眼光，看到了我们十八洞的未来和希望，我和扶贫工作队的人会全力支持你、帮助你。

可是说起来容易做起来难，要这样一匹野马彻底收心，好好发展，不是一件容易的事。

龙秀林在做十八洞第一任扶贫工作队队长之前，是中共花垣县委宣传部副部长。所以，他决定就从"人"之中做龙先兰"人"的文章。他知道，寨子上很多人瞧不起龙先兰。他很有必要做出个样子给大家看，那就是把龙先兰当人看，让龙先兰重拾做人的尊严。他也知道龙先兰破罐子破摔，是因为亲情缺失，孤独无望，一个冰冷的、缺爱的人需要爱来抚慰、需要爱来温暖，一个在醉酒里走夜路的人需要爱来为他点亮、把他唤醒。

于是，他说，先兰，你爸爸妈妈走了，你哥哥来了，以后，我就是你哥哥，有什么难处，有什么想法，有什么委屈，都跟哥哥说，哥哥会尽最大能力帮你，哥哥不会丢下你！

龙秀林对前来取经的同志们说：习总书记给我们送来的是党的关怀和温暖，是脱贫致富的思想、政策和理念。这是最大的财富。（摄影：石林荣）

龙秀林不是说的乖面话（好听的话），而是真的把龙先兰当作自己的弟弟去关心去关爱。在十八洞的日子，一有空他就会去龙先兰那里，跟龙先兰聊家常、聊世界、聊人生。有时候，买来油盐米菜，就在龙先兰家做饭吃饭，甚至喝上两口。喝两口的目的，是为了控制龙先兰的酒量、酒欲，不让他喝多、喝烂，能够自己当止就止，甚至自动放弃，见酒不沾。过年时，他还把龙先兰带回家里一起过年。龙秀林的父母和爱人，都把龙先兰当作亲人，给龙先兰买了礼物，封了红包。

　　给龙先兰温暖，不是把龙先兰养起来，是为了给他力量，让他励精图治、奋发图强。所以，龙秀林又以扶贫工作队的名义给龙先兰联系了怀化市安江农校，给龙先兰交了学习培训费，让龙先兰去学习培训，见世面，长知识，增强自身造血功能。两个月的学习，龙先兰极为认真，特别是在学习期间参观农业科技园、农业产业园和农业观光园时，他感触很深。

　　龙先兰说：我就是通过实地参观学习这些农业科技园、产业园和观光园，才深刻体会到习总书记说的因地制宜说得太好了。当时就感觉那些农业产业做得好的都是因地制宜做得好的，我就开始想十八洞是什么条件、有什么优势、我怎么因地制宜在十八洞发家致富。想来想去，我想到了养蜂。十八洞花种多，花期长，阳光充足，日照时间长，空气清新，全是负氧离子，没有任何污染，所以，十八洞野蜂很多，特别适合蜜蜂生存。于是，我就想养蜂、割蜜，通过养蜂、割蜜发家致富。

　　当龙先兰把这些想法告诉龙秀林时，龙秀林特别高兴。他知道，这匹野马再也不是一匹醉马，将会是一匹骏马了。这匹野马开始有志、有智、有力了。他立刻帮龙先兰联系了花垣县的养蜂专业户，让龙先兰学习养蜂、割蜜。天生聪明的龙先兰，很快就掌握了养蜂割蜜技术。学成归来的龙先兰试着养了 4 箱野蜂。当年收入 5000 多元。今年养了 50 多箱，可产原生态蜂蜜 500 斤，一斤 200 元，可收入 10 万元。

龙先兰说：我这是在山里捡了 10 万元啊！山是野的，花是野的，蜂是野的，蜜是野的，我不费吹灰之力，不是捡的是什么？

说是捡的，其实是辛苦得来的。为了掌握蜂群的生活习性，他每天都会蹲在蜂箱前观察，甚至跟着蜜蜂，观察蜜蜂采蜜。久而久之，他能用肉眼看出蜜蜂的喜怒哀乐，分别出哪只蜜蜂是门卫、哪只蜜蜂是清洁工、哪只蜜蜂有心事、哪只蜜蜂有喜事。

对那些蜜蜂，他就像对待自己的小宝宝，雨天，他会盖上薄膜，为蜜蜂遮雨；冬天，他会披上棉被，为蜜蜂御寒；有事没事，他都会跑到养蜂场，看看蜜蜂们是否安全，以防有什么动物钻进去搞破坏。生活的甜蜜，是用辛勤的汗水换来的。

有了钱，就有了找女朋友娶媳妇的底气。一个叫吴满金的姑娘在扶贫工作队为十八洞青年举行的相亲会上认识了龙先兰。电光与火花，一碰就来电。哥爱妹有情，妹爱哥有意。十天半月就糯米粑粑滚白糖，越滚越黏糊，越滚越甜蜜。

本以为白糖融进粑粑里了，没承想吴满金的父母却坚决反对。吴满金的母亲就是从十八洞嫁出去的，娘家的人、事哪能不知？他们不相信龙先兰这么快就成为好人了，坚决不允许吴满金跟着这么一个人。

龙秀林哪能看到一对鸳鸯被棒打，以龙先兰亲哥哥的身份，亲自带着龙先兰上门求亲，之后又带着龙先兰上门认亲。扶贫工作队队长都这么看得起未来的女婿，吴满金父母哪能再固执己见，高高兴兴地把吴满金嫁给了龙先兰。

迎娶吴满金的那天，几十面苗鼓敲了一天一夜，几十个苗歌手唱了一天一夜。整个十八洞的人都去了，整个扶贫工作队的人都去了，在十八洞检查扶贫工作的花垣县委副书记彭学康得知后，也特地赶去给龙先兰和吴满金道喜祝贺！那婚礼真是简朴而风光啊！龙先兰感动得当场落泪！

赶喜酒的乡亲们。（摄影：石林荣）

婚礼上，他动情地说：三年前，我什么都不是，就是路边上的一个酒鬼、穷鬼、癫子、醉汉；三年后，我脱贫了致富了、脱单了结婚了，过的日子比蜜甜。我要感谢乡亲们不嫌弃我、米有抛弃我，感谢扶贫工作队亲人一样的关心我、拉扯我，更要感谢习总书记！米有习总书记来十八洞关怀我们鼓励我们，我就不会回到十八洞，就不会展劲（用力、加油）搞，就不会有今天的幸福生活。所以，我要请你们和习总书记都放心，我还要展劲搞、加油干，用实际行动感恩你们，回报社会。

龙先兰没有食言。新婚后，他不但与吴满金相亲相爱，勤俭持家。还牵头成立了十八洞苗大姐养蜂合作社。他把十八洞的五户贫困户组织起来，向他们免费传授养蜂技术，一起养蜂，一起割蜜，一起销售，把养蜂做成了十八洞的品牌产业。他们的蜂蜜坚决不掺一滴水，坚决不放一粒糖，卖诚信蜜，卖良心蜜，越卖越红火，越卖越有名。以前，一斤野生蜂蜜只能卖到 100 元；如今，一斤 200 元还供不应求，早被人预定完了。龙先兰说，我们这是干的甜蜜的事业，越干越起劲。

龙先兰不但带领同村贫困户共同脱贫，还开始积极带头，参与各种公益事业。民居改造，村路整修，农田水利，他都不用招呼，积极参与。十八洞有很多野生动物和珍稀植物，但却经常被盗猎、盗伐，龙先兰看在眼里急在心上，主动向扶贫工作队请缨，组织了护林队，他当队长。护林队的年轻人，每天都在山林里轮流站岗、放哨、宣传、巡逻，抓盗伐盗猎，促环境保护。

为了宣传环境保护，保护十八洞的美丽家园，龙先兰和护林队的年

人间正是艳阳天

轻人还别出心裁地赤裸上身，贴满树叶，一人身上写一个字，站成一排，上书"保护森林，爱护家园""保护家园，造福子孙"。他们还把这些宣传活动拍成图片，放到网上，希望引起更多的人关注环境保护、爱护美丽家园。

一个昔日流浪的醉鬼，成了乡村文明的乡贤。

让我感动的是，这个过上了甜蜜日子的苗家青年，是一样的不忘甜的根源。当我们问他有什么心愿时，他跟石拔专、施成富两家人一样，最盼望的，是给习总书记带两斤野生蜂蜜，让习总书记也分享分享一个十八洞孩子心中的甜。

幸福的脸上，春风洋溢。那陶醉的眼神，好像他已经把蜂蜜送到习总书记手上一样。

是的，走进十八洞，十八洞每一个人的脸上都是幸福的，也是甜蜜的。幸福而甜蜜的春风，洋溢在每个人的脸上和心里，变成花朵，幸福盛开。

幸福而甜蜜的春风，
洋溢在十八洞每个人
的脸上和心里。

（摄影：李健）

十八洞的每一个人之所以一再要
我们表达他们对习总书记和党中央的
深情厚谊，是因为他们知道，那是习
总书记和党中央的春风吹开的花，是
习总书记和党中央的春风酿制的蜜。

Hunan Xiangxi
Shibadong De Gushi

　　再去十八洞时，已是秋天。

　　秋天的十八洞，依然是满眼的青翠，满眼的山花在一片碧绿和苍翠中摇曳起伏，灿烂绽放。一丘丘稻田，成熟的稻谷铺开一片金黄，一框一框的，一帧一帧的，一幅一幅的，一层一层的，像画家笔下的写意。

山风吹过，稻浪翻滚。桃子、李子、板栗、猕猴桃等果实，也一坡坡、一山山地挂着，像秋天的诗句，一行一行地连着、吊着，肩靠肩，头挨头，脸贴脸，嘴亲嘴，有的是字，有的是词，有的是标点符号，韵脚和旋律，都迤逦柔美，画中有诗。诗画的梦里，是醉人的秋。

诗画的梦里，
是醉人的秋。

（摄影：周建华）

曾几何时，十八洞不是这般模样。

十八洞坐落在湘西深深的大山里。钻进去，你看到的，除了山还是山。一座座大山小山，连绵起伏而又伟岸陡峭地挺立在那里，铜墙铁壁般地组成了一个山的世界和王国。

山是湘西的筋骨，没有山，湘西就没有依托和依靠。山也是湘西的枷锁，有了山，多少人祖祖辈辈没有走出过这些大山。所以，整个湘西都是山做的，山做的湘西，山一样的博大和雄浑，山一样的沉重和艰辛。

十八洞，是山的模样和缩影。贫穷的十八洞村，过去年人均纯收入不到 1600 元，541 人处于贫困线以下，40 多个 40 岁以上的单身汉娶不上老婆。村支委的账面上没一分可供支配的钱。

为了带领全村摆脱贫穷，时任十八洞村主任的施金通，心里永远住着一个让他心酸的十八洞。

那是一个怎样的十八洞啊？穷得没有尊严的十八洞。穷得不讲廉耻的十八洞。穷得靠天也吃不上饭的十八洞，真是要什么没什么。人多地少的十八洞，无论怎样，都养不活十八洞人。常常是一家人几兄弟合穿一条裤子，谁出门，谁穿那条好一点的裤子。一半多的中老年没有进过县城，不知道街道和大楼是什么样子。出门的年轻人，不是去偷，就是去抢，打架斗殴的事时常发生。隔三岔五，十八洞就有人被公安局带走。有的还是几"进宫"。

施金通说，太穷了啊，要活命啊！没有文化、没有本事的十八洞人问天天无路、问地地无门，只好去偷去抢。一旦被发现，就抱团打架斗殴、寻衅闹事。不说其他部门，就是公安，想到十八洞就头痛。整个十八洞都在浑浑噩噩、打打杀杀中过日子。

清醒的施金通看在眼里，痛在心上。他是这个寨子为数不多的读书人，也是这个寨子为数不多的在外见过世面的人。这个 1979 年出生的年轻人，祖祖辈辈都是独苗，父母和姐妹都把他看得比自己生命还重要。讨米也要供他读书，让他有文化、有知识，成为一个能够走出大山和贫穷的人，他们用自己的牺牲改变施金通的命运。

但是施金通不愿父母和姐妹为他做出这么大的牺牲。读完初中他就考了一所技校，希望学到一技之长，改变运命之短。可是，每当他寒暑假回到家里，看到父母和姐妹为他节衣缩食还整天为他的学费和生活费发愁时，他的心一天一痛，一日几慌，最后痛得慌得再也无法安宁。他觉得自己已经长大了，该为父母分忧、给父母减轻负担了，不能再在窗明几净的教室里心安理得地读书了。

他不顾父母的坚决反对，选择了辍学，出去打工。他说，社会也是一所大学校，只要理想还在，社会上更能让自己长见识、学知识。他不敢出远门，就选择到离家很近的保靖县野竹坪乡的卡棚煤矿挖煤。说不远，其实也要翻越很多座大山。一座山也要翻越半天的时间。

人家挖煤一天 80 元。他挖煤一天 10 元。谁叫他还是一个没有长大的孩子呢？只是他认为自己长大了而已。人家能够让他挖煤就不错了。矿井黑漆漆的，他的心是亮的。再黑的矿井，都浇不灭他的梦想，都会像黑漆漆的煤块一样，遇火燃烧，发出亮光。矿井也是幽深深的，再深，也深不过他要闪闪发光的梦。一天 10 元，10 天就 100 元，100 天就 1000 元，1000 天就 10000 元。用不了三年，他就是村里第一个万元户了！再苦再累，他都心甜。

见他年纪轻轻就去井下挖煤，父母既心疼他吃不消，又担心他的安全。井下事故时有发生，这根独苗，无论如何也不能在危险的矿井下生长。不管三七二十一，父母跑到煤矿把他带回了家里。

回到家的施金通，只好安心地跟着父母种田务农。村里看他有文化，就让他做村会计。村里没有任何村办企业和集体经济，他这个会计就是每年给人发上面拨下来的救济粮和救济款。

就是这三年的务农和会计，让他更加深刻地理解了十八洞的贫穷是多么的贫、多么的穷，也看到了十八洞的现实是多么的乱、多么的烂。当他看到十八洞的青少年成群结队地去偷去抢时，他心痛；当他看到十八洞的青少年动不动就打架斗殴时，他心痛；当他看到十八洞的青少年一个个被警察带走拘留、坐牢时，他心痛。

他想，如果整个十八洞好不了，他也好不了；他一个人好或一家人好，没有任何用处。想想看，所有人都过不好时，你过得好吗？能独善其身吗？不说人家眼红你，就说人家向你借钱借米，明知借了还不起，你借不借？借了张三李四，你就没几个钱米了，王五赵六来借，你借不借？不借你就是看不起人，你就讨人恨，你就被孤立。

他开始由个人的命运思考整个十八洞的命运。

他辗转反侧了好几个晚上后，终于鼓足勇气找到乡党委、乡政府，毛遂自荐当村主任。

他给乡党委、乡政府立下军令状：一定把村庄治理好。治理不好，三个月免了我。

回到村里，他同样面对村民说：选我当村主任，当不好，我三个月自动辞职。

看儿子要竞选村主任，施金通的父母不干了，坚决不同意。他们生怕儿子当村主任当出祸害来。因为，前几任村主任都被村民打伤打残过。那是引火烧身，是自己挖坑自己埋。

乡党委、乡政府及十八洞村民都给了施金通信任和机会，期望他把这个又乱又穷的村带好。

施金通竞选十八洞村主任时，承诺了三件事：计划生育初见成效、乱砍滥伐得到遏制、社会治安平安和谐。

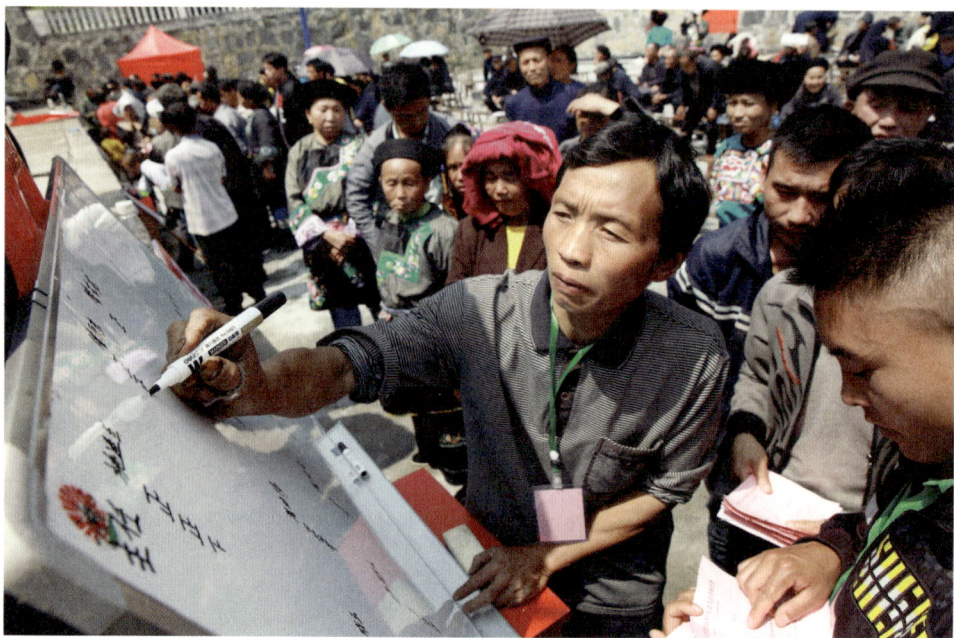

十八洞村委会竞选，每张选票都承载着乡亲们的期望和梦想。（摄影：石林荣）

曾几何时，计划生育是基本国策。城里一个孩子，乡下两个孩子，可是湘西的乡下却是根深蒂固的儿孙满堂观念。村民们想尽办法超生多生，越穷越生，越生越穷，计划生育，成了天下最难的难题。

　　计划生育工作队和计划生育对象之间，每天都在上演"敌进我退、敌退我追、敌疲我打"的计划生育大戏。十八洞的计划生育大戏也一样精彩好看。

　　我在湘西工作时，曾经连续好几年下乡去做计划生育工作，亲身经历了机关干部为计划生育日夜上门做工作的艰辛，铁鞋磨破，好话讲尽，口水讲干。也亲身感受了老百姓为养儿防老而被计划生育工作队追得东躲西藏和卖柴卖米交超生罚款的无奈和辛酸。所以，我知道施金通想在计划生育方面打翻身仗的难处。

　　施金通挨家挨户上门做细致深入的工作，讲计划生育的好处，讲不计划生育的坏处。晓之以理，动之以情，可没人愿意去。

　　见横竖都不去，施金通开门见山地说：你们都不去，到时政府派工作队来要你们到乡计划生育站去计划生育去，你们莫怪我带路了。我明人不做暗事，把丑话讲在前头，肯定要带路的。我不带路，你们也会认为是我带的，是我出卖你们。我是村干部，是政府的人，对政府要忠心。我是十八洞的，是你们的乡里乡亲，对你们要负责。

　　我不想看到你们跟政府闹得不愉快，不想看到政府派工作队来时，你们鸡飞狗跳到处躲藏的样子，躲得了初一躲不了十五，躲到哪里政府都找得到你，你又躲不到天上去。你们乖乖地去，可以享受政府的照顾和补助，我一分都不少你们的，不扣你们的。年底，我还会找钱慰问你们。你们不去，被政府工作队找到了还得去；即便没找到，偷生下来了，你交不起罚款，以后也得不到政府照顾。

生得起，养不起；生得好，养不好，有什么用？现在都穷成这个样子了，还嫌不够穷？生下的几个儿女跟着我们受穷已经够对不起儿女的，还想没有生下来的儿女一生下来就跟我们受穷？跟你活得人不人鬼不鬼的让人看不起？还不如不生。有两个就够了，把这两个养大养好，让他们过好日子才是正路。

说着说着，有的人听进去了，主动去上环或结扎了。见有一个去了，并且好好的，没什么事，第二个也就去了，慢慢地，全村都去了。但并不是说去就去的，是施金通说尽好话，做尽工作才去的。

村里有一户人家，两人都是残疾人，跟施金通家是世交，祖祖辈辈关系都好，所以想请施金通网开一面，跟政府说说情。

施金通觉得两人已经有几个孩子了，不能再生了，就跟村支部书记一起去做工作，要女方去上环。女方不去，男方也不准她去。

男方见施金通和村支部书记上门来了，远远地就拉起女方跑，施金通边跑边喊：你们不要跑，跑不赢我。男女两人就停了下来。男方想，施金通不但不念世代感情，还逼着他去，就把施金通的娘和村支部书记的娘一起骂了。

施金通说：哥，你骂我们可以，不要骂娘，你晓得我们湘西人是骂不得娘的，骂娘要拼命的。

男方无言以对，只好说：我做不得。

施金通说：你哪门做不得？

男方说：我是残疾人，我有病。

施金通说：你有没有病，先去医院检查再说。

男方说：没有钱检查。

施金通说：我出钱检查。

男方说：怎么好意思用你的钱？

施金通说：只要你去，我愿意出这个钱。

男方说：我不去，我没脸拿你的钱。

施金通说：你得去。

男方说：跟你说了，我残疾人做不得，去了也白去。

施金通说：做得做不得不由你说了算，也不由我说了算，医生说了算。

男方说：反正我不去。

施金通说：你不去也得去，这是态度问题。你去了，做不得，我也给你补助和慰问，因为你态度好。

男方说：我不去，不要你的补助和慰问。你硬要我去，我就跟你拼命。

施金通说：你跟我拼命也得去，我把命送你了。

男方见施金通油盐不进，非跟他过不去，真的愤怒地跑进堂屋拿了一把柴刀，要跟施金通拼命。

男方说：你再要我去，我就把你俩都砍了。

施金通笑着说：你还真行！上个环，结个扎，你就连命都不要了。一个环和一根筋比命还大，比你这几个孩子还大，你行！我服你！你不要命和你这几个小孩了，你就来砍，我躲一下，我就不是施金通！

施金通一句话点到了男方的穴位，那就是他的几个还需要两口子抚养的小孩。男方无可奈何只好放下刀子，乖乖地跟着施金通去了乡计划生育站。

全村人就这样一个个被施金通和村支部书记等村支两委的人做通工作，上环的上环，结扎的结扎，连续三年，十八洞计划生育工作全县第一。

计划生育初见成效的诺言，施金通实现了。

施金通（中）与龚海华（左一）等村委会成员集思广益，研究村委会工作。（摄影：龙志银）

当时十八洞所属的排碧镇有一个万亩林场，郁郁葱葱。林场的人烦透了十八洞村的人，也怕死了十八洞的人。只要林场的树被偷砍盗伐了，顺藤摸瓜，准是十八洞的人。即便当场看见，林场的人也不敢抓他们。抓一个，就会有十几个甚至几十个人来围攻。所以，林场的人对十八洞的人又恨又怕。

这片林场，成了十八洞养家糊口的重要来源。一个人也偷，一群人也偷。白天也偷，晚上也偷。不但偷林场的，也偷老百姓自留地的树。一根一根地偷，一车一车地偷。林场天天叫苦，老百姓天天告状。盗贼今天被抓进去，明天放出来继续偷。他们也不怕公安抓，抓进去了还不想出来，因为里面有饭吃。烦得公安也不想管了。

施金通想，这样下去不是事啊，子孙后代的风气都会被带坏啊！他得跟村支两委的人自己抓自己管。于是，他组织了几个年轻人日夜巡逻，还在村口设卡，不让盗砍的树进村，更不让盗砍的树出村。两头堵死盗砍的路。

被抓住的人，总是死不承认，跟施金通讲道理。施金通最会讲道理了，本就理亏的人，哪是施金通的对手。

你抓我干什么？我又没砍你屋的？

没砍我屋，砍集体的、人家的都不行。

你凭什么讲我砍集体的和人家的？我砍我屋自己的。

好啊，你砍你屋的，你带我去看看，看砍的你屋哪座山、哪块土的？是你屋的，你拿走，不是你屋的，留下来。

凭什么你喊去看，我就带你去看？你是老儿？

我是村主任，我有责任。

你是村主任，你就了不得？管我屁事！

对，就是管你屁事，管定了！

就不带你去！

不带我去，就是做贼心虚。不做贼，你怎么不敢带我们去？

我就是砍的林场的和别人的，你能把我怎么样？

我不能把你怎么样，我只要你把树留下来。

我不留下来，你又能把我怎么样？

那你今天开车从我身上碾过去！只要我不死，你就莫想偷树！

恼羞成怒的村民，就真的开着车往施金通身边冲。

施金通站在路上，一动不动，任凭车子开过来。他知道一步也不能退，退一步，步步输。他也知道他们不敢真碾，除非他们自己也不想活了。

如此，那些偷砍盗伐的人，只好乖乖地缴械投降。

断了村里的财路，肯定也断了自己的后路。那些偷砍盗伐的人，对施金通恨得只想吃了他的肉。

施金通的父母养了几头猪，猪被人用药毒死了。

施金通的父母养了一只狗，狗被人用药毒死了。

施金通家种的一亩烤烟，被人割得一根不剩。

施金通家栽的一亩玉米，被人砍得一根不留。

为了不让施金通家种田，有人还在他家满田撒满了玻璃渣子。

只要施金通晚上走夜路，总有人躲在一边往他身上摔石头。施金通身上常常是青一块紫一块。被摔得多了，施金通从摔的力度，都知道是谁摔的了。所以，当石头落在眼前时，施金通就会喊：出来吧，张三，我晓得是你摔的。有本事，我俩单挑，莫在背后暗算人，像个男人一样，光明正大地搞一架!

张三就真的出来了,问:你哪门晓得是我?

施金通笑:我还不晓得是你?就你那摔石头的力气,还不如小孩窝尿(撒尿)有劲,没有小孩窝尿远。

张三就会不好意思地说:厉害!

若是李四扔石头,他就喊:李四,出来吧,搞阴谋诡计算什么角色?有本事,你走出来,当面搬一块石头砸我试试,不敢吧?不敢就出来,我们好好谈谈。

李四也就真的出来了,问:你哪门晓得是我?

施金通说:看到你月光下的人影子,我就晓得是你了。

于是,两人就边走边聊,聊着聊着,就好了。

施金通就是有这样的本事,能把一触即发的危险,巧妙地化解了。

有时候,是几个人一起报复他,向他砸石头。他常常听到有人悄悄讲:莫砸他脑壳,砸到脑壳会死人抵命。

他听到了,就会大声说:你们砸吧,只要不把我砸死,我一定让你们都过上好日子!

我那天采访村民时,还有人说,当时他们听到这句话,真的好感动,好羞愧,就再也不好摔石头砸他了。他也是为我们好啊!现在想来,实在太对不起他了!

那些年,施金通的父母真的是天天为施金通提心吊胆,以泪洗面。

父母说:儿啊,你莫搞这个村主任了。再搞,你命都没有了。

施金通还是那句话:爹,娘,你们放心,他们搞不死我的,也不敢搞死我。只要搞不死我,我就一定会把村里搞好,会让大家都过上好日子。

乱砍滥伐就这样制住了,青山绿水的乡愁也这样留住了。

乱砍滥伐就这样制住了,青山绿水的乡愁也这样留住了。图为十八洞猕猴桃产业基地紫霞湖。

(摄影:石林荣)

第三件事，社会治安。

十八洞之所以社会治安乱，施金通认为一是太贫穷。穷易生盗，也易生恶。二是没有文化，村里绝大多数人都只读过小学，甚至小学都没读完。没文化，没见识，不敢走出去闯，只敢在窝里乱。

他想，要村里社会治安好，得把年轻人组织出去打工，见世面，长知识，增收入，不能都窝在村里抢食吃。要通过打工，见世面，改变他们的人生观和世界观。让他们知道，只要走出去了，世界就很宽广，日子就有奔头。

说是擒贼先擒王也好，说是先抓主心骨也好，施金通明白夺旗先取帅的道理。

他找到打架最厉害、威望最高的一个亲戚，希望他能带着他的一帮弟兄走正道。他的这个亲戚，之所以有威望，一是勇敢、不怕死；二是肯为朋友两肋插刀、肯吃亏；三是有主见、点子多。用施金通的话说，这个亲戚其实人品非常好，只是生活太穷，是贫穷把人逼上了歪门邪路，而不是本身人歪心邪。

他问：你这样天天打打杀杀、偷啊抢啊的，不怕进班房吗？

亲戚说：怕。

施金通说：怕，就改变自己，不要再干这些违法犯罪的事。

亲戚说：不干这些，我干什么？没事干。

施金通说：找正事干，我帮你。

亲戚说：找什么正事？

施金通说：外出打工去。

亲戚说：我外出打工，走到大街上，连路都找不到，不敢。

施金通说：你不去找路，就永远没有路，不认路。

亲戚说：我没知识，没文化，到了外面，什么时候饿死了都不晓得。

施金通笑了，说：你这么一个大活人，还怕饿死？就算你到外面没闯出名堂，还不至于饿死，你饿得没有路费那天，你不晓得给我和屋里打电话啊？我给你寄路费，有路费你还怕迷路，你到哪里，我就到哪里接你去。

亲戚说：你怎么硬要我出去打工？嫌我在村里给你丢人现眼和捣乱是不是？

施金通说：不是，我是不想看到大家都这么烂下去。这么下去，烂了一代，会烂二代，烂了二代，会烂三代，祖祖辈辈都会烂下去，那我们十八洞子子孙孙就完了。

亲戚说：一代是一代，哪管得了那么多？

施金通说：那你生那么多孩子搞什么？不就是为了后代吗？

亲戚想了想，说：我其实也不是不想出去，我真是不晓得我出去该搞什么。

施金通说：不出去，你就永远不晓得你该搞什么，你会搞什么。世界那么大，总有你讨饭吃的地方。高科技的我们搞不来，出力气的，我们总会搞吧？我就不相信，世界那么大，没有我们出力气的地方。莫讲别的，城里到处搞建设，总有我们扛包的活吧？扛一天包，胜过我们半年工呢。

亲戚说：有那么好吗？扛一天包抵我们半年工？

施金通说：不说半年，一两个月是没问题的。你看我们这土里田里能长什么？能长钱吗？长不出来，连种子钱化肥钱都长不出来，亏啊。城里，怎么样，干一天得一天的钱。

亲戚被说动心了，说：我听你的，可我没有路费。

施金通说：只要你去，路费我出。到时发财了衣锦还乡时，莫不认我就是。

亲戚说：那敢情好，我过两天就把大家都带出去，也好有个照应。

就这样，施金通把第一批外出打工的人送上了车。

打工出去的人，很快就给家里寄来了钱。

　　这些寄来的钱，就像天上掉下的一个个红包，让十八洞人兴奋起来。那些窝在村里继续偷抢的人，也都一批批出去了，村里家家户户的日子开始慢慢好起来了。更重要的是，在外打工见了世面的十八洞人，世界观变了，人生观变了，他们的本性，自然也就回归了。有了用武之地的十八洞人，生活逐渐好转的十八洞人，社会风气和社会治安自然好转了。

　　施金通的三把火，开始把十八洞点亮了。

这些寄来的钱，就像天上掉下来的一个个大红包，让十八洞人兴奋起来。

（摄影：龙恩泽）

05

Hunan Xiangxi
Shibadong De Gushi

虽然十八洞开始点亮，但十八洞依然一贫如洗。青壮年全出去打工了，就剩下老弱病残和妇女儿童留守在村里。没有了人的生气和生机，大地再生机盎然，也看不到活力。

不通公路的十八洞，依然要翻山越岭，到乡政府和城里办点事，在集市上赶一次集、买卖一点东西依然要绕山绕水一整天才行。没有电灯电线的十八洞，依然一到晚上就点着煤油灯办事，打着手电筒照明。要喝水、用水，也只能到几里外的山脚下去挑。与世隔绝的十八洞，苦哈哈的日子啊，总是熬不出头。

施金通就想，该带领大家先把公路修通了。要致富、先修路，没有通往山外的公路，就没有脱贫致富的大路。他跟村支部书记一起每天步行到县里，跑这个部门，跑那个部门，讲十八洞的酸苦，说十八洞的愿望，希望能够帮十八洞修一条通往山外、打通隔绝的公路。

没有钱，走出了山重水复的十八洞，他们也不敢坐车，只好步行到城里。到了城里，他们饿了不敢买口饭吃，天黑了不敢住旅店，只能挨着饿，原路返回，第二天再去找有关部门。可是常常事与愿违，他们总找不到人，人家不是出差就是下乡了；找到了，人家也是客客气气的爱莫能助。

施金通狠心买的一双皮鞋，就这样来来去去地磨烂了补，补了穿，再磨烂了补，补了再穿，前前后后，补了五次，烂得不能再补再穿了，他才扔掉。

没有钱买啊！我们贫困地区当村干部的没有几个是越当越富，都是越当越穷。我们自己辛苦劳动得的一点钱，都贴在公家上，贴到老百姓身上了。老百姓还以为我们村干部赚了多少钱，揩了他们多少油水。说这话时，我分明看到了他眼眶里打转的泪。

施金通钻天入地，想的就是村里早点致富，早点脱贫。他和村里一起长大的杨建军等几个年轻人把十八洞的山、水、洞全钻了一个遍。他还请县电视台拍了十八洞MV，做成光盘，散发给有关单位和企业，希望以此招来投资商、金凤凰。

好在他盼星星盼月亮，盼来了湖南省民族宗教事务委员会（简称"省民宗委"）的扶贫工作队。作为湖南省的扶贫攻坚主战场，湖南省委省政府出台了举全省之力对口扶贫湘西的政策和措施。每个省直单位，都对口扶贫湘西的一个村，主要是扶贫基础设施建设，两年换一个村，直到村村通水、通电、通路为止。

要致富，先修路。作为脱贫攻坚主战场的湘西，高速公路贯通了每个县市。四项指标世界第一的矮寨大桥，成了世界上不能不看的最美建筑地标。

（摄影：尚林）

湘西是一片红色的沃土。有着光荣而辉煌的历史。早在明朝时，努尔哈赤建立的大金疯狂向大明朝所属的辽东进攻，大明帝国岌岌可危。湘西土司彭象乾与儿子彭天佑一道率领 8000 亲兵远征辽河抗金，努尔哈赤被击退，明朝政权得到稳固，而一代土司王的儿子与 8000 亲兵却壮烈牺牲。

同样是明朝，当日本倭寇横行东南沿海时，戚继光和俞大猷领导抗倭，兵力一度严重不足，捉襟见肘，又是湘西土司先后多次率领几万亲兵，远赴江浙，抗倭杀敌，赶走了日本倭寇，被明王朝授予"东南抗倭战功第一"。

抗日战争时，湘西数十万民众在雪峰山与日军鏖战三年，使日军在雪峰山无法再前进一步，打破了日本企图灭亡中国的计划，直到日军在雪峰山下与中国签订了投降协议。

更为重要的是，贺龙在这里两把菜刀闹革命，与任弼时、关向应一道建立了中国工农红军第二方面军和革命根据地。湘西为新中国的解放和成立付出了巨大的牺牲，做出了巨大的贡献。

可是，当整个潇湘大地都在奔小康时，湘西人民依然十分贫困，但湘西人民没有哭穷叫苦，而是自力更生，湖南省委省政府怎么能不看在眼里痛在心上？所以，湖南省委省政府发出了举全省之力，在湘西打赢脱贫攻坚战的号召。

就是在这样的号召下，湖南省民族宗教事务委员会选择了湘西十八洞进行对口扶贫攻坚。

当时，花垣县给湖南省民宗委推荐了两个扶贫点。一个是董马库乡排当务村，一个是排碧乡（现为双龙镇）十八洞村。

为了选好扶贫点，2011年3月，春节的气息还在到处洋溢着的时候，湖南省民宗委主任徐克勤带领李昌田副巡视员和人事处、扶贫工作队的同志，来到花垣县，对两个扶贫联系点进行实地考察。

经过考察和研究比较，考察组认为：董马库乡排当务村虽然也属于高寒地区，贫困村，但村寨小，全村只有2个村民小组，68户，380多口人，基础条件较完善，扶贫任务相对较轻。而排碧乡十八洞村属高寒山区，全村4个自然寨，6个村民小组，近1000人，为纯苗族。并且，十八洞村是合并村，2005年8月由当时的竹子村（人口约470人）和飞虫村（人口约490人）合并而成，地域面积大，组与组之间最远有七八公里。基础条件差，贫困程度深，发展不平衡，扶贫任务很重，相比董马库乡排当务村而言，相当于扶了两个村。

山是湘西的筋骨，没有山，湘西就没有了依托和依靠。山也是湘西的枷锁，有了山，多少人祖祖辈辈没有走出过这大山。

（摄影：周建华）

　　在研究定点时，徐克勤认为，省民宗委就是为民族地区服务的，要挑重担，啃硬骨头，建议将此轮扶贫联系点就定在十八洞村，得到了湖南省委组织部的首肯。

　　徐克勤说，当他们一行到十八洞选点考察时，还未到十八洞，就全被深深震撼了。

　　他们想到了十八洞的穷，但没有想到那么穷。他们想到了十八洞的苦，但没想到那么苦。那种穷和苦，他们真的不知道怎么形容。不说别的，就说这路，羊肠小道，弯曲陡峭，要走上大半天，走断腿了，才能到达村里。一路上，徐克勤等人不晓得歇了多少次才到达村里。那个腰和腿，疼了半个多月才恢复过来。没通公路时，在这个十八洞的深山里走一回，那才真知道什么叫苦。

徐克勤本就是湘西人。出生在湘西土家族苗族自治州龙山县的徐克勤，是个苗族汉子。可是他出生的地方是个土家族地区，苗族话当时已经不会讲了。他23岁时就做了湘西保靖县团委书记，并被选拔到中央党校学习了三年，是中央党校最小的学员。30多岁就当选为吉首市市长，之后又当选为吉首市市委书记、湘西土家族苗族自治州州委副书记和州长。

看到家乡还这么贫穷，十八洞这样山高路远的地方居然连车还没通、电也没有、喝水都困难，他不免有点自责起来，觉得愧对家乡父老。虽然他在州长的位置上只有半年多一点就调任省里了，他还是觉得自己没有尽到应尽的责任，觉得自己来迟了，恨自己为什么在当州长时没来。

他熟悉湘西，熟悉经济工作，又懂湘西的民风民情，关键他是从湘西走出去的，他对湘西充满了感情。凡是走出家乡的人，家乡的一草一木都是亲。

为了配合省民宗委的扶贫工作，施金通明显感到事情又多又杂，向乡党委提出需增派一名得力的村干部，与省民宗委对接。乡党委采纳了施金通的建议，把刚刚毕业的龚海华分配到了十八洞，做村支部书记助理。

龚海华帅气英俊，是怀化市辰溪人，中国人民解放军陆军航空兵学院的高才生。辰溪与湘西一衣带水，风同向，俗同源，湘西就像他的家一样。他自小就向往湘西的美丽与神秘，大学毕业后，他选择湘西，也是为湘西的美丽和神秘而来。他觉得湘西有太多瑰丽的梦，他可以在这里实现自己的梦想。因此，公务员考试时，他没有选择任何城市，而是到了湘西，并且是湘西花垣县的一个小乡镇。

湖南省民宗委帮助建起的崭新的村部。（摄影：石林荣）

当组织上要把他从乡里派到村里时，他特别高兴。一是因为组织对他的信任和培养而高兴，二是因为这正是他熟悉基层、亲近泥土和大地的好机会。他可以在与老百姓的直接交流中，真正锻炼成长。

刚刚毕业的大学生，什么都没有，就一个部队院校时的背包。他还是像一个军人一样，背着背包就到十八洞来了。

这样，十八洞村支两委主要成员组建起来了。石顺莲任书记，施金通任村主任，龚海华是村支部书记助理。石顺莲有经验，施金通有能力，龚海华有文化，几人又都大公无私，十八洞的村级班子算是整齐有力了。

有了龚海华，十八洞如虎添翼。湖南省民宗委的扶贫攻坚工作也开展得更为顺利。

徐克勤在石顺莲、施金通和龚海华的陪同下，带领扶贫工作队的同志走遍了十八洞村的6个村民小组，走访了几十户农户，召开了10余次村支两委会议和党员骨干群众座谈会，广泛听取各方面的意见，共同讨论研究十八洞村的村情、贫困原因和亟须解决的问题。

同时，请来了国家民委等有关部门的领导，以及县委组织部、县委建整办、县民族局、扶贫办、交通局、财政局、以工代赈办、农机局、建设局、畜牧局等单位的领导和专业技术人员，多次到十八洞村现场勘查研究。通过扎实调研、集思广益，工作组确定了十八洞村的建设扶贫工作思路，科学编制了《花垣县排碧乡十八洞村 2011—2012 年建设扶贫工作规划》，明确了村级组织建设、基础设施建设、种养殖产业发展、专业技术培训、民族特色文化保护发展等建设目标，确保有计划、有重点、有步骤地展开工作。

在农村，村支两委是中国农村基层政权最细小同时也是最庞大的政治细胞。中国的农村、农业、农民，全靠村支两委去打开农村的版图、摸准农业的机理、走进农民的世界。团结和依靠村支两委，锻造和夯实基层政权，是各级党委的必修课。湖南省民宗委工作队做的第一件事就是抓住村支部这个战斗堡垒和村委会这个战斗集体，着力培养脱贫致富的领头雁和带头人，锻造和夯实基层政权。

培养和留下一支永远能战斗、永远打不垮的村支两委队伍，把村支两委锻造成永不撤离的工作队，是扶贫工作队首先应该解决的问题。十八洞村支两委在学习。（摄影：石林荣）

徐克勤说：扶贫工作队伍迟早是要撤离的，培养和留下一支永远能战斗、永远打不垮的村支两委，把村支两委锻造成永不离开的工作队，是扶贫工作队首先应该从根本上解决的问题。村干部永远是农村工作最坚实的基础。要培养和锻造好村支两委，扶贫工作队的人自己就得起到表率作用。要让村支两委的人真正感到我们是来做实事做好事的，是全心全意为十八洞服务的。要亲力亲为，时时处处注意自己的形象。要与老百姓打成一片，时时刻刻想着老百姓的利益，做老百姓的贴心人。这样才能让村支两委的人信服，让老百姓信服。任何人都一样，他只有在信服你的时候才会尊敬你，才会听你的。

两年来，除了他自己十多次从省城来到十八洞与村支两委共同商讨脱贫大计、看望慰问贫困户外，湖南省委的班子成员和处室负责人都多次来到十八洞现场办公。

工作队以开展创先争优和基层组织建设年活动为契机，建立健全村支两委各项规章制度，规范和加强基层组织生活。新建了一个300余平方米的村民活动中心，使村干部、党员有了一个"家"，使群众办事有了一个"窗口"。

按照"五个好"的要求加强班子，采取发放资料、以会代训、传帮带等多种形式对党员干部进行培训，帮助村支两委提高政治思想素质和工作能力，增强班子的战斗力、凝聚力、创造力。

为了让十八洞人开阔眼界，走出深闺，增长见识，以外部世界的辉煌照亮闭塞的自我世界，湖南省民宗委还组织部分村干部群众到"天下第一村"华西村参观学习，现场聆听了华西新市村党委老书记吴仁宝的报告，观看了华西村 60 周年成果展，参观了华西村高科技农业园。

华西村一行，深深触动了十八洞的干部群众，同样是乡村，同样是村支两委，华西村为什么建设得比我们湘西的县城还好，老百姓的日子为什么过得那么幸福？关键是有一个强有力的党支部，有一个公而忘私的战斗堡垒。

湖南省民宗委扶贫工作队以此为契机，广泛开展党员"创先争优"、党员干部定岗定责、普通党员公开承诺等活动。一个党员一面旗，每个党员模范带头，形成了"我是村支部书记，支委向支部书记看齐""我是共产党员，群众向党员看齐"的良好局面。村支两委班子成员之间团结协作，与扶贫工作队的同志一道，踏踏实实地为群众办实事办好事，赢得了十八洞群众良好的口碑，被称为模范支部。

抓住了村支两委这个基层工作的有生力量，还要解决村民最关心的问题。民生问题才是扶贫工作最大和最实质的问题。民生问题，无外乎衣食住行、生老病死。件件都是小问题，件件却是大问题。件件都是老问题，件件却是新问题。

无论是家庭闹矛盾、邻里闹意见，还是村里搞建设，不管是陈年旧账，还是今夜星辰，只要是问题，事无巨细，就得想尽办法解决。因为村民的个人小问题全连着村里建设的大问题，只要一件个人小问题没有解决，就可能变成影响村里建设的大问题。

湖南省民宗委在十八洞扶贫的两年里，不知道解决了老百姓大大小小多少问题，但最让他们感到欣慰的是十八洞的基础设施问题，在他们扶贫的日子里得到了根本改善。

两年来，他们完成了飞虫寨、竹子寨2公里的通寨道路硬化，结束了村民晴天一身灰、雨天一脚泥的日子；修建了2.9公里的机耕道，方便了村民生产及农产品的运输，促进了烟草、西瓜种植业的发展和产业转型；两条共计3.8公里引水灌溉工程竣工，使400多亩耕地得到灌溉，结束了靠天吃饭的历史，同时还使500多人用上了洁净的山泉水；修建了便民"洗衣塘"和垃圾处理场，满足了群众心愿，改善了村容村貌；建设了近6公里的村间道，水泥路通到4个寨子的每家每户，使老百姓进门入户脚不沾泥，极大地方便了村民生产生活；建成一个与十八洞村自然景观相协调的仿古树寨门，特色鲜明，为十八洞村提高知名度和开发旅游打下基础。

从此十八洞出山的路就不再远了，十八洞回家的路就格外亲了。（摄影：石林荣）

最让湖南省民宗委和施金通难以忘记的是那条连接国道的通村公路。那是十八洞的天路。

这条现在车子开进去只要几分钟的通村公路，当年十八洞人却要走上一个半天。现在像一条飘带飘在十几个山头的公路，当年却像是一堆凌乱的肠子挂在十几座山里。那根肠子从这个山头绕老半天后绕到谷底，又从谷底升起来绕来绕去绕到那个山头，几进几出，几上几下，就像一堆又一堆的肠子挂在山里山外，让十八洞人走一个半天也走不出个头。

特别是十八洞的小孩上学极为不便，经常有小孩不小心摔伤，不少小孩说什么也不肯上学了。为此，村民强烈要求修一条通村公路，接通国道，方便群众。

为了修通这条路，湖南省民宗委扶贫工作队是费尽了心血，以时任村支部书记石顺莲和村主任施金通为代表的村支两委人员也是吃尽了苦头。

湖南省民宗委扶贫工作队的同志先后 27 次跋山涉水，上上下下，找县交通局、以工代赈办、农机局等部门的主要领导沟通汇报，请求立项，并 4 次把他们请到村里实地考察，请求支持。十八洞通村公路终于得以开工建设。

　　谁都知道这是大好事，但一旦要占自己的田、自己的地时，就不会觉得是好事。田和地都是老百姓的命根子，一旦要碰到老百姓的命根子，老百姓就会本能地保护自己的命根子，本能地以自己的好事对抗大家的好事。阻工现象时有发生。有时是一家人阻工，有时是一群人阻工。虽然这是少数，但这种少数往往贻害的是大多数。集体利益，往往因为这少数而不能兑现。

　　毕竟这是一条十八洞人梦寐以求的路，十八洞的乡亲们都支持修这条路，让田的让田，让地的让地，没有让田让地的就出义务工。占一亩田象征性付 1 万元给老百姓，占一亩地象征性地付 8 千元给老百姓。老百姓都愉快地接受了。

　　有一个叫隆正先的村民支持修路，但觉得补偿太少，死活不干。他说，他有两个儿子，将来长大成人都要结婚成家，没有田地了，怎么过日子？你们实在要修，就让支部书记拿她屋田和我调。

　　石顺莲一听，说：好，我跟你调。只要你同意修，你看上我屋哪丘田就调哪丘田。

　　回到家里，石顺莲跟在广东的儿子儿媳打电话说：村里要修路，田地补偿少，田一亩只补 1 万，地一亩 8 千，你正先哥不肯，要拿他屋地调我们田，我同意了，你们同意不同意？

儿子说：本来田调地我们就亏了，我们屋是 6 分田，正先哥屋只 3 分地，更亏了。

石顺莲说：我们现在就一个小孩，吃不了好多，有这点田地够了，调了算了。

儿子说：阿娘讲得是，我们听阿娘的，阿娘讲调就调，我和媳妇都听你老人家的，只要阿娘带领大家把路修通了，我们转屋方便了，就好了。

从小就跟随母亲耳濡目染的儿子，一点都没有为难母亲，马上就同意了。朴实的支部书记石顺莲就这样拿 6 分田调了隆正先的 3 分地，隆正先的工作顺利做通了。

但是，农村就是这样，常常是按下葫芦起了瓢。这个工作做通了，那个一觉醒来又反悔了，不干了，阻工。当施金通和扶贫工作队的人做不通少数人的工作而让工程停下来时，施金通就动员那些维护集体利益的人站起来，跟那些维护自己利益的人做斗争。

施金通说：我这是发动群众、依靠群众，群众的力量是无穷的。

有一次，维护集体利益的人跟维护自己利益的人发生了激烈冲突。维护集体利益的人，人多势众，又占了理，气得要打那些少数维护自己利益而蛮横阻工的人。那些蛮横阻工的人害怕了，赶忙给施金通打电话。

施金通知道有这么一场战争，因为那些维护集体利益的人早就跟施金通说了：金通，你尽力了，那些自私自利、蛮横无理、不知好歹的人，我们去收拾，你莫管了，你装没看见就是。

施金通知道他们喊莫管的意思，就是要以牙还牙，给他们好看。他不说什么，就说：不要伤着人，吓吓他们就是。他们要讲告状，你们就喊他们告我，讲是我喊打的。

那些维护集体利益的人，在听了施金通的话后，尽管克制了又克制，还是被少数人激怒了，真的义愤填膺地要修理他们。

看维护集体利益的人要动真格，那少数的人就吓坏了，赶忙给施金通打电话，却怎么打都不接，再打不是关机就是空号。那些人吓得只好乖乖让路，让施工队继续施工。他们知道，众怒惹不得，惹了众怒，烧了自身。

事后，那些人对施金通说：打你电话，你不接，什么狗屁主任！

施金通说：我没听到。

那些人说：什么没听到？借口！你没听到，怎么又关机了？

施金通说：不是我关机了，是手机没电了。

那些人说：什么手机没电了，你是故意关的，你早就晓得他们要打我们。

施金通说：我是故意关的又哪门样？他们是好人好事，你们是坏人坏事。好人打坏人，好事斗坏事，打得好！就是我喊打的，我若到场，我都要打。对那些歪风邪气，我就是要坚决打击，我打击不了，我动员群众打击。群众的眼睛是雪亮的。群众的觉悟也是高的。谁想挖群众利益的墙脚，谁就休想过关。

　　一公里多的公路，终于在湖南省民宗委扶贫工作队的支持下修通了。

十八洞乡村旅游火爆，游客乘坐环保电瓶车游览。

（摄影：周建华）

通车那天，整个十八洞的人和十八洞周边的人，天没亮就往连接十八洞公路的路口赶了。他们要在最远的路口，看看车子是怎么开进十八洞的，要亲眼看看时代的车轮，是怎样第一次驰进十八洞的。他们还在进村的公路口摆起了一个歌台，架起了几十面苗鼓，只等车子开来的瞬间，擂它个地动山摇。可是，车还没有开来时，激动的十八洞人，就在进村的公路口飞起了苗歌，敲起了苗鼓。

那歌词编得真好啊：

锦鸡飞过草木深，

扶贫天路云龙腾，

十八洞的甜蜜比蜜甜，

共产党的恩情比海深。

十八洞的苗山岭连岭，

苗歌首首起回声；

十八洞的泉水甜又醇，

米酒杯杯献亲人。

远方的亲人远方的客，

修通了大路你要来家门。

你不来家门我看你去，

从此十指心连心。

你不来家门我看你去，

从此十指心连心。

当几十辆大车小车开进十八洞的村口时，几十面苗鼓欢天喜地敲了起来，上百名十八洞的美丽苗族姑娘和苗族大妈，把所有的激情和喜悦，都凝聚在鼓槌里，高高跳起，轻轻落下，重重连击，鼓声就飞了、远了，心儿就迷了、醉了。那鼓槌上飘飞的红绸和苗女盛装的花衣，格外鲜艳，比青山绿水还要明媚和动人。

车子大多是空的，为的是让十八洞的人坐上车子亲身体验一番回家的路，感受一下坐着车子回家的心情。车开得很慢很慢，仿佛是听不够这喜悦的鼓声，看不够这动人的场景。坐上车子的人，在车里打开车窗对着人群招手欢呼，没坐上车的人，就一群群跟在后面，依依不舍地随车而行。

公路修通的那天晚上，施金通激动得彻夜难眠。踏着月色，提着星星，他一个人沿着公路，来回走了一圈。那是他来回爬了几十年的座座大山，是他来回翻越了几十年的重重山关，如今，全平坦地躺在脚下了，尽管是硬硬的水泥路面，却像温润的河流和飘舞的绸缎，柔软、舒坦，像踩在草地上一样轻松和愉快。那是他和十八洞人盼了祖祖辈辈的梦，今天终于实现了，他怎么能不兴奋呢？

他无怨无悔的付出，十八洞的山水看得见。扶贫工作队无怨无悔的支援，十八洞的人心看得见。从此，十八洞出山的路就不再远了，十八洞回家的路就格外亲了，神秘美丽的十八洞就此揭开了层层面纱，打开了层层山门。

06

Hunan Xiangxi
Shibadong De Gushi

　　湘西的每一个山寨，都是一样。蜿蜒曲折的泥巴路，晴天会冒出泥土清香的气息，雨天却是泥泞路滑，崎岖难行。一场雨后，当雨滴在绿叶上化作露珠晶莹透亮地一一滑落时，烂泥也如脏粪，蹭满人们一身。蹭满人们一身事小，还常常把人摔得鼻青脸肿，伤痕累累。

　　进村入户的道路硬化和升级改造，就成了农村美好生活的一部分。

简朴而庄严的精准扶贫展览室，十八洞精准扶贫的来路和去路。

（摄影：石林荣）

道路硬化的资金，全部是县里帮助解决的。施金通找到县长时，县长二话没说，立即拨付到位。

县长说：省民宗委帮我们修通了路，解决了大头。我们没有理由不满足十八洞老百姓的这点愿望，资金再困难都要想办法解决。

道路硬化资金解决了，十八洞的道路硬化有条不紊地进行。

进行到飞虫寨时，碰到了硬石头，硬得比水泥硬化道路硬几百倍。

十八洞村，是2005年由原来的飞虫村和竹子村两个村合并而成的。习总书记视察过的梨子寨就是原来竹子村的一个小组。原竹子村人口约470人，飞虫村人口约490人，合并成十八洞村后，就有了近千人。成了不大不小的村。合并成一个村后，两个村子的人，长时间面和心不和。两个磨盘缺个磨心，怎么也磨不在一起。

飞虫寨是原来飞虫村的一个小组，在梨子寨的背面，与梨子寨山水相连。其中一条道路硬化，是要将飞虫寨和梨子寨连起来。经过飞虫寨的一个水池时，飞虫寨的人坚决不准。之所以不准，就是不想两个寨子亲密便捷地往来。你种你的梨子，我放我的飞虫，你梨子再甜，我也不爱。

那是一个怎样的水池呢？是一座已经废弃的饮水池。当年，飞虫寨人靠这个水池饮水。有了新的水池，这个水池早就不用了。但飞虫寨人说，现在不用，以后要用，有备无患。说白了，就是不准拆，就是不想跟梨子寨人走得太近。或者说，就是想给施金通和村干部及扶贫工作队出难题。

施金通和扶贫工作队只能一遍一遍地家家户户登门做工作。这家做通了，那家做不通，做通的这家被没做通的人家反向做工作又不通了。翻来覆去，无数个回合。

施金通和扶贫工作队从道路硬化的好处，讲到两个寨子祖祖辈辈的情义。嘴皮子都破了，飞虫寨的人根本不听，歪道理一箩筐。说没有必要，浪费钱，祖祖辈辈都这么走了，怎么我们这辈人就不能走了？非要把我们的水池拆了，来硬化这条路，不硬化，这条路就软了？你们梨子寨人就硬不起来了？笑话！为什么不拆你们梨子寨的东西？分明是故意整我们飞虫寨人。

施金通说：不是，当然不是，是为了大家方便。

飞虫寨人说：为了我们大家方便，为什么不另外开一条路，或者绕一下，非要从水池边走？

施金通说：不是绕不开吗？两边都是私人的田地，绕就要占私人的田地，田地本来就少得可怜，哪个肯让占？要重新修，更修不起，没这么多钱啊。

飞虫寨人说：没钱就不修呗，装什么阔气？

施金通说：不是装阔气，是方便大家，铺上水泥了，就好走了。

飞虫寨人说：好走什么？硬化了，摔一跤，还痛些，哪个保证走路不摔跤？我看，你们就是要跟我们飞虫寨过不去，欺负我们飞虫寨人老实、没人，你们梨子寨有村主任村支部书记嘛。

施金通说：你们这是哪扯哪？我们这些村主任村支部书记都是大家选的，我们也从没利用村主任村支部书记的名义欺负过飞虫寨，有的话，你们可以举报啊！

飞虫寨人说：哪敢举报啊，怕打击报复。

见好话讲尽也没有用，施金通的苗脾气就来了。

施金通说：扶贫工作队辛辛苦苦来帮我们村道硬化，让我们过好日子，你们不但不领情，还故意刁难，哪像我们苗族人？我们苗族人是最讲感情，最懂感恩，也最懂道理的，怎么到了我们十八洞就变了呢？不行！你们同意我们要村道硬化，不同意我们也要村道硬化！说白了，这个水池不是哪一家的，是国家的公有资产。现在这个水池报废了，没有用了，我们要拆掉，发挥新的作用。我们做的是公益事业和公益建设，是对我们老百姓自身有利的公益建设和事业，谁都阻拦不了。我施金通今天做主，拆了，出了问题，我施金通负责。你们觉得我施金通是以权谋私，仗势欺人，可以往县里告发，我不怕，我不贪一分钱，我一心为大家做好事，你们要告状的话，就告吧，我就不相信县里会听你们诬告！

见施金通来横的、硬的，飞虫寨也跳出来了一个横的、硬的。

他对着施金通咆哮：有本事你搞试试看？哪个搞，我 x 哪个娘！

施金通一听他骂娘，气不打一处来，也把衣袖一撸，喊：叫你们不要骂娘你偏要骂娘，你没有娘啊？我不会骂啊？你骂娘，老子今天村主任不当了，都要跟你拼命！有本事你出来，我们两个单挑！你躲到人堆骂屋里吼算什么男人？出来，我俩到屋后搞！我搞赢了，我就修路！你搞赢了，我不修路！

那人个子矮小，知道不是施金通的对手，根本不敢站出来跟施金通单挑。但嘴巴硬，还是骂骂咧咧地骂施金通的娘。

施金通愤怒得一下子冲进人群，把那人往屋后拖！

那人赖着不肯走，躺在地上，死命往后拽。

施金通不管三七二十一，死命往后拖。他觉得，今天不给这人一点颜色，一个寨子的人都不知道他施金通也是铁打的，也是有尊严的。他为了村里的工作，天天跟这个讲好话，跟那个赔笑脸。他今天不当这个村主任了，要装一回老子。不然，永远有人觉得你给他做事你还得求他。

施金通说：现在我们的公益事业和公益建设为什么那么难办，就是我们对个别人不敢管，对阻止和破坏公益建设和事业的歪风邪气不敢打击，还迁就。无休止满足他们的无理要求，久而久之，把那些好的也带坏了。他都能这样？我为什么不能这样？这是村里常碰到的问题。

拖到了屋后，施金通把他按在地上问：你要哪门搞？你想哪门搞，我都奉陪到底！但是你只要再敢骂娘，你骂一句，老子打你一顿！不信你再骂试试看！

见施金通真的动了怒，那人吓得不敢再吭声，人们也纷纷上来解劝。

有人骂那人：你也是的，说理就说理，一口一声骂人家娘搞什么？

不是找打吗？

有人劝施金通：他就是嘴臭，你大人不计小人过，饶了他这回。

施金通问大家：你们说他口口声声骂娘，该不该打？

大家说：骂娘不对，该打。

施金通说：就算我施金通惹着你了，我娘没惹着你，你一而再再而三侮辱我娘，我放过你了？我给大家修路做好事有错吗？

大家说：没错，没错，是他的错，你放了他。

大家赶紧又劝那人：你就认个错吧，嘴巴硬皮子软有什么用？

那人就乖乖地认了错。

施金通见众人都意识到了问题的严重性，就给了那人一个台阶，说：你认错了，说明你输了我赢了，这条路我可以修了是不是？

那人说：可以修了。

施金通说：你不拦了？

那人说：我不拦了。

施金通说：你不骂娘了？

那人说：不骂娘了。

施金通说：那好，我们和解了。我请你吃夜饭喝酒，感谢你的支持。

人
间
正
是
艳
阳
天

那人说：应该我请你吃夜饭喝酒，向你赔礼道歉才是。

施金通笑着揉了揉那人的肩膀，问：痛不痛，刚才下手是不是重了？

那人也笑着甩了甩肩膀，说：不痛，不痛，你手下留情了。

施金通就搂着那人的肩膀，有说有笑地喝酒去了。

几次采访，我发现施金通面对棘手的问题时，有一种削铁如泥的本事。一块坚硬的钢板，在他的手里，很容易变成一块柔软的豆腐和泥巴。

农村工作，有时候就是这样，说复杂很复杂，说简单很简单。刚才还是电闪雷鸣的，马上就云开日出，彩虹美丽了。

现在，整个十八洞，都是进村水泥路，入户石板路，村容户容都整齐美丽，干干净净，舒适可心。纵横交错的村道户道，像一行行长短不一的诗句，平平仄仄，仄仄平平，起伏有序，错落有致，把家家户户和村村寨寨都描绘成了一幅美丽的画。

村民们笑着说：来之不易，来之不易，这是施金通和扶贫工作队跟歪风邪气斗争斗来的。

干净整洁的村卫生室，医治的是疾病，抚慰的是人心。（摄影：石林荣）

Hunan Xiangxi
Shibadong De Gushi

　　就这样，施金通一心为公的精神被花垣县委发现了。2010年底，中央公开招考优秀村组干部时，他以优异的成绩被选拔到乡政府社会服务所，任站长。他摘掉了农民帽子，成了一名国家干部。十八洞新选了一名村主任杨书优。

杨书优是十八洞的能人，既勤劳肯干，又头脑灵活，一个小家被他打理得红红火火，兴旺富裕。两个儿子乖巧听话，成绩很好。父母双亲也很健康，田里地里，都能帮上一把。妻子呢，贤惠、大方，对夫，是好妻子；对孩子，是好母亲；对老人，是好媳妇。好一个合家欢。

对于群众的信任，杨书优心里充满了感谢，也充满了激情。他觉得应该一心一意，好好为人民群众服务，把十八洞搞好，不辜负群众的信任。

可是，自从当了村主任后，由于没有时间管家顾家，家里越来越穷，两年时间，厚实的家底居然被当没了，捉襟见肘。两个孩子上学的学费和生活费，居然都出不起，要借了。他和一家人都深刻感受到了当村干部的辛苦和不易。

思前想后，他觉得首先要以家庭为重，特别是要以两个孩子为重。孩子正在成长期，需要一个好的家庭成长环境，他不能因为当村主任而把孩子荒废了。也不能因为当村主任让两个老人跟着自己吃苦受累，担惊受怕。老人吃了一辈子苦，该是享福的时候了。于是，他坚决请辞，不肯再当村主任。请辞不成的情况下，他自动放弃村主任一职，外出打工去了。

此时，已是2013年年初。春节刚刚过去。

乡里、村里都很理解他，毕竟，他全心全意地为十八洞奉献了两年。

杨书优的请辞，证明了村干部并不是香馍馍，并不是人见人爱，争着要当的。也证明了村干部的确是吃尽苦头，受尽委屈的。

乡党委只好一纸任命，把施金通从乡政府调回十八洞，做驻村干部，任村支委第一支部书记兼代理主任。他年轻的搭档龚海华，任村支部书记。

没想到，调回十八洞没几个月，习总书记居然代表党中央到十八洞来视察了！他曾经无数次幻想和盼望的党和国家领导人能够到十八洞来看看的美梦，居然成真了！

施金通说不完的得意和激动。

习总书记的到来，无疑给名不见经传的十八洞带来了无限的生机与活力。当十八洞的名字跟随习总书记的名字飞遍全中国和全世界时，各职能部门关注的目光也一下子聚焦到了十八洞。改电的要来改电，改水的要来改水，改厕所的要来改厕所，改厨房的要来改厨房。施金通和龚海华每天接的各种业务电话不下 300 个！

曾经默默无闻的十八洞，开始以震撼人心的力量和震撼人心的美，核聚变。

曾经默默无闻的十八洞，开始以震撼人心的力量和震撼人心的美，核聚变。
（摄影：石林荣）

而中共湖南省委和湘西自治州州委及花垣县委都很清楚地意识到，花垣县和十八洞人不能只把习总书记来到十八洞当作幸福和荣耀，更应该当作责任和使命。

　　十八洞扶贫不是各路神仙今天投点资、明天化点缘就可以完成使命和任务的。精准扶贫，不是一个十八洞，而是成千上万个十八洞。不是各路神仙给一个十八洞来助力，而是要给成千上万个十八洞助力。应该按照习总书记的指示，以十八洞为蓝本，统一部署，统一安排，探索出一条"实事求是、因地制宜、分类指导、精准扶贫"的路来。

　　中共花垣县委书记罗明说：我们要以习总书记来到十八洞为契机和动力，不辜负习总书记和党中央对我们的巨大关怀和殷切期望，把十八洞建设成"实事求是、因地制宜、分类指导、精准扶贫"的样板，而且坚决防止用烧钱的方式"造盆景""垒大户"，要把十八洞建成扶贫模式可以复制的样板，以实际行动向习总书记和党中央汇报。

　　当务之急，是花垣县自身要派驻扶贫工作队到十八洞实施精准扶贫，落实精准扶贫，探索出一条可复制的精准扶贫之路。

　　于是，时任花垣县委宣传部副部长的龙秀林，被派驻到十八洞，作为花垣县驻十八洞的第一任精准扶贫工作队队长。

　　选派龙秀林，是因为宣传工作出身的龙秀林善于做思想工作，而农村的思想工作是最难做的，需要龙秀林这样的干部打开局面。再就是还要为可复制的精准扶贫经验做准备，如果在实践中只会探索不会总结，就无从复制和推广了，而这也正是宣传部门的长处。

龙秀林报到的第一天，迎接龙秀林的不是苗鼓苗歌和鲜花美酒，而是路边石壁上、村里墙壁上、山上的树干上，全是贴的大字报。

大字报全是针对施金通的。

因为习总书记来后，村里就传言四起，说是习总书记给十八洞带来了多少个亿，都拨付到村里了，被施金通贪污了一个亿。施金通是贪官污吏，要打倒施金通，还我一个亿。

其中一首打油诗，施金通至今还记得：

狗屁工作队，

占天又占地，

中央拨的钱和米，

都被他们拿了去。

有几张大字报，还只写了个施金通的名字，在名字上打了一个大大的红叉，意为枪毙。

用施金通的话说，自从他当村干部以来，村里那些记恨他的，终于找到了报仇的机会，觉得扬眉吐气的时候到了，大有把施金通吃了骨头熬了汤都不解恨的劲头。他施金通不下地狱谁下地狱。

他说，那一刻，他虽然不怕，却寒心啊，彻骨的寒心。农村工作就是这样，你对他千好万好，只要有哪一点点他认为不好，你就不好。你做得千对万对，只要有哪一点点他认为不对，你就不对。不管他有理没理，你都百依百顺，你才是好人，否则你就是个罪人。

这些满村满寨和满路的大字报，是对施金通的一个大声讨，也是给龙秀林等精准扶贫工作队队员的一个下马威，让龙秀林和精准扶贫工作队怅然感叹：

农村工作，该有多难！

基层干部，该有多苦！

龙秀林不得而知，甚至有点不寒而栗。

但是来了，就没有退路，就得不辱使命，得圆满地给党和人民交一份答卷。

可是，精准扶贫扶什么呢？得从哪儿入手呢？

中共湘西州委、花垣县委和排碧乡党委与工作队一道开起了神仙会。神仙会上，大家集思广益，畅所欲言，终于找到了一条精准扶贫的大思路。这就是要精准扶贫，就得先摸清楚哪些人是真贫困？为什么贫困？怎样改变贫困？用花垣县委书记罗明的话说，要摸清"底子"，解决好"要扶谁"；结成"对子"，解决好"谁来扶"的问题；对准"靶子"，解决好"怎么扶"的问题。

龙秀林到了十八洞后，其实还是有一部分人高兴的，那就是他在十八洞的几个亲戚。他在十八洞的一些亲戚奔走相告，认为龙秀林来了，他们这些亲戚脸上有光，也可沾光，他们可近水楼台先得月，得到很多关照。

没想到，龙秀林先召集十八洞的那些沾亲带故的人开了个小会，告诉他们不仅沾不了光，还要借他们的光，要他们都第一个支持他的工作。亲戚们都懂情懂义，纷纷表示支持他的工作，不给他和扶贫工作队出难题。

有的亲戚还开玩笑说：晓得你靠不住，我们就米想过要靠你。再说，我们也是懂道理、明是非的。

有了亲戚们的这些话，龙秀林心里就有了底。他和扶贫工作队按照县委县政府一定要精准底数、公正公平、防止"富人戴帽、穷人落榜"等优亲厚友现象出现的指示，在十八洞召开村民大会，广泛征求群众意见，对贫困户一一进行甄别，制订了《十八洞村精准扶贫贫困户识别工作做法》和"十八洞村贫困农户识别九个不评"的标准。

家里有拿工资的不评，在城里买了商品房或在村里修了三层以上楼房的不评，打牌赌博成性的不评，好吃懒做的不评，阻挠公益事业和当地经济发展建设的不评，拥有大中型农业机械、矿车、面的、轿车、中巴及经营性加工厂的不评，违反计划生育政策的不评，不履行赡养义务的不评，全家外出打工经通知不回家的不评。"九不评"标准，清晰明了，精准科学，每个家庭对号入座，不能对号入座的，有广大群众帮你对号入座，群众的眼睛是雪亮的。

有了这"九不评"标准后，再按照"户主申请→投票识别→三级会审→公告公示→乡镇审核→县级审批→入户登记"七道程序，把识别的权力交给广大群众，及时张榜公布结果，对识别工作实行全程民主评议与监督，确保识别公开、公平、公正。

在第一次精准扶贫的贫困户识别评议会上，村会计龙太金第一个站起来说：我家有一个双排座车跑运输，我不属于贫困户，请大家莫投我票。

有人开玩笑说：你都买车了还贫困户，肯定不会投你票。你想投也不投，你都成贫困户了，那我们就是贫贫困户了。

龙太金是龙秀林父亲那边的远房亲戚。龙太金的表态，给这个贫困户识别评比会注入了第一缕公正公平的清风。

精准摸底，精准甄别，防止"富人戴帽，穷人落榜"。

（摄影：石林荣）

见龙太金表了态，龙秀林的另一个表亲施再杰也站出来给大家声明表态：大家也莫投我，我家盖了楼房，房子好大呢！贫困不敢到我屋住，怕了跑！

惹得大家哈哈大笑。

见龙秀林的两个表亲都表了态，那些真正不贫困的人，谁也不再争戴那顶贫困的帽子，不再想占国家的一点便宜。十八洞就这样通过识贫、校贫、定贫"三部曲"，把真正的贫困户、贫困人口全部找了出来，共准确识别出贫困户 136 户 533 人，占全村总人口的 56.8%，群众民意测评满意率达 100%。

精准识别了贫困户，就得精准把贫困的脉，找贫穷的根。

通过调查研究，扶贫工作队了解到，十八洞之所以贫穷，首先是环境恶劣。十八洞虽然山山是奇山，可山山是穷山；虽然洞洞是奇洞，可洞洞是穷洞。其资源极为有限，人均 0.83 亩耕地，按当年标准单位土地亩产值要达到 3000 元以上才能脱贫，全部种经济作物肯定不现实。要靠土里刨食脱贫，很困难。

其次是没有基础。水稻、玉米、烤烟都是小打小闹，经济作物很少上百亩，特色养殖不上百头，没有支柱产业和特色农业，有也不成规模；村子地域广、居住散，村内基础设施不完善，农网改造尚未进行，宽带网络还未进村。

第三，没有文化。6 个村民小组，225 户人家，939 人，150 人文盲，

385 人读过小学，295 人读过初中，81 人读过高中，大专以上文化的仅有 28 人。

第四，群众基础差。十八洞是个合并村，由原飞虫、竹子两村合并而成，人合心不合，很多事情上都各吹各的调，相互拆台。

针对这种现状，湘西自治州州委州政府和花垣县委县政府多次集体会诊，商讨怎样才能开出十八洞精准扶贫的良方，通过十八洞这样一个点来完成以点带面的精准扶贫攻坚任务。

湘西自治州州委书记叶红专在习总书记视察十八洞的第二天，就组织州委州政府各部门主要负责人和县委县政府主要负责人学习、贯彻习总书记在十八洞关于扶贫的指示精神，传达习总书记对湘西各族人民的深切关怀；之后又先后十多次带队赴十八洞调研，强调一定要按照习总书记指示，结合十八洞实际，注重激发贫困村、贫困户内在生产动力，从民居改造、产业发展、公共服务等方面，重点发展乡村旅游、特色农业产业，并亲自审定了十八洞民居改造、产业发展、公共服务等工作方案。

花垣县委书记罗明和花垣县人民政府县长隆立新也都同时或分别十多次到十八洞，与十八洞的村民一道深入细致地进行调研。半年里，他们走遍了十八洞的山山水水，与十八洞村民一道摸家底、算细账、找出路、挖穷根。

根据习总书记"把种什么、养什么、从哪里增收想明白"的重要指示，确定了以种植、养殖、苗绣、劳务、乡村游五大产业为主的发展思路，制订了《十八洞村 2014—2016 年精准扶贫规划》，确立了"人

与自然和谐相处，建设与原生态协调统一，建筑与民族特色完美结合"的建设总原则，以"把农村建设得更像农村"为理念，打造"中国最美农村"，实现"天更蓝、山更绿、水更清、村更古、心更齐、情更浓"的十八洞梦，为十八洞的脱贫致富和繁荣发展定下基调、选准方向。

古老的十八洞，正冉冉升起一轮新生的太阳。

古老的十八洞，正冉冉升起一轮新生的太阳。

（摄影: 周建华）

08

Hunan Xiangxi
Shibadong De Gushi

　　要改变十八洞贫穷落后的面貌，先得从"三通""五改"和公共基础设施建设开始。这是公共服务，是便民和富民工程，更是民心人心工程。花垣县十八洞扶贫工作队在县委县政府的领导下，开始了基础设施扶贫建设。通过基础设施的扶贫建设，改变十八洞，凝聚十八洞。

好在十八洞曾经是湖南省民宗委的扶贫点，在湖南省民宗委的努力下，修通了十八洞的通村公路。但是路是通了，基础设施依然很差，田地之间的机耕道尚未开始，农网改造尚未进行，民居改造尚未落实，宽带网络也尚未进村。十八洞依然是一张贫穷的白纸。

扶贫工作队做的第一件事就是农网改造。

可是，农网改造说起来容易，做起来太难。在农网改造过程中，扶贫工作队发现，最先要做的并不是基础设施建设和改造，而是思想建设和改造。

一部分穷惯了的十八洞人，"等、靠、要"思想十分严重。等，就是不管你怎么发动、怎么说好，我就是不做，反正你政府不准饿死人，要做由你们政府自己做，你们政府要政绩、有责任，你们不做不行。所以，我等你们做事，等你们救济，我站在旁边看热闹。

靠，就是什么都靠政府，什么都有政府兜底、政府买单，我不怕。靠山吃山，靠政府吃政府，心安理得。谁叫你是人民政府？

要，就是没有了，就向政府要。要了政府还不能不给，不给你就不爱民不亲民，你就等着兴师问罪。谁要得越多，谁就越有本事。基于这种思想，你要他们出集体义务工，不出！你埋电线杆要占他们一点点土地，不让！阻工现象时有发生。

施六金，十八洞梨子寨人，1973年出生，两个姐姐已经出嫁，就他跟八十来岁的老母亲生活。虽然长得一表人才，却因为贫穷，一直娶不上媳妇。

农网改造时，计划栽根电线杆在他家地里。好说歹说，总算同意了。后来，龙秀林担心他变卦，对代理村主任施金通说，是不是再跟他说一声。

施金通说：他同意了，还说什么？再说，是我自家兄弟，不用说了，我做主了，栽就是！

龙秀林一想，的确，施六金是施金通伯父的孩子，同族兄弟呢，不会有问题，就让人栽了电线杆。这一栽就麻烦了，这不是栽的电线杆，而是栽的一根导火线。

施六金三天两头跑到扶贫工作队和村委会闹：哪个喊你们栽的？！你们哪门栽的就哪门扯出来！不扯，我就剪了你们电线！

龙秀林说：你不是同意了吗？你同意了我们才栽啊！

施六金吼：我同意什么？我什么时候同意的？我先是同意了，现在不同意了！

龙秀林说：为什么不同意了？

施六金吼：不同意了就是不同意了，米有为什么！

龙秀林说：人家都同意了，都米有反悔，你为什么反悔？

施六金吼：人家是人家，我是我，我就是要反悔！

龙秀林说：你不能讲混话！

施六金吼：我就是要讲混话，就不准栽，你把我哪门样？

龙秀林说：一个村里的人都支持我们给村里办好事，米想到你不支持。施金通是你哥哥，最应该支持的是你，米想到最不支持的是你！

施六金吼：他是我哥哥又怎么样？我又米得到他一点好处，米占到他一点便宜！他还做我的主？你米想到？哼，你米想到的事多得很呢！赶快把电线杆扯走！不然我就把电线剪了！

当时还身为村委会代主任的施金通没想到这个堂弟这么不给自己面子，气愤地走到施六金面前，吼：我喊栽的！你要剪电线，先把我剪了！你要扯电线杆，先把我扯了！一个寨子的人，就你油盐不进、万人不和！

龙秀林知道跟一个不讲道理的人一时扯不清道不明，就说：栽电线杆，搞农网改造，是全村人同意的，是全村人的事。你要扯电线杆，要剪电线，得找全村人问问，看全村人同意不同意？全村人同意扯你就扯，同意剪你就剪；全村人不同意扯不同意剪，你扯了、剪了，后果自负！

施六金吼：我扯了、剪了，有鬼喊！全村人还吃了我？

龙秀林说：有不有鬼喊，吃不吃得了你，你扯了剪了试试，我不拦你。

施六金哪敢问全村人？全村人哪会同意？即便有个人煽风点火，全村人也不会同意。所以电线杆就一直栽着。施六金不敢扯，也不敢剪，就有事没事找龙秀林闹。特别是喝了酒后，就在村里游来荡去，大吼大闹。

龙秀林懒得理他，知道他不敢扯不敢剪，就图嘴巴快活，让他闹。

民兵营长杨峰和龙先兰几个年轻人，实在看不下去了，就跑到施六金身边，指着施六金大骂：你再不识好歹，搞破坏，我们锤死你！

施六金是个铁脑壳，不怕锤，但是也不敢去剪电线、扯电线杆，只能想起了又跑去扶贫工作队闹一次，想起了又闹一次。

这只是一例。

自从习总书记来到十八洞后，慕名而来的游客每年都以十万人次的比例递增。截至2018年，年均游客已达60多万人次了。一到周末和假期，很多游客就蜂拥而来，来自四面八方的车辆无处停放，就只好停靠在并不宽敞的公路两边和村道上，极其不便。所以，工作队想修一个大型停车场，以方便游客停车。

为游客表演的苗族绝技：上刀梯。（摄影：周建华）

一听说要修停车场，很多村民坚决反对。一是又要占田占地，村民们不愿意让出本就少得可怜的地；二是很多村民认为没有必要修那么大一个停车场，没有那么多人来，公路边、村道上随处可以停。更有人认为，是施金通想给自己修停车场。施金通、龚海华和工作队的人嘴巴讲出血了都不同意。

开工时，聚集了上百人阻工。当然也有不少是看热闹的。可是，这么多人聚集在这里，分不清哪些是来阻工的，哪些是来看热闹的。施金通和工作队的人打定主意，先不作声，先看情况。

大家你一言我一语的，吵得一塌糊涂。

修什么停车场啦，哪里有这么多游客？

游客不多，麻雀多，给麻雀修啊。

给麻雀修个停车场，祖先都笑打落牙齿啊。

要修，也不要修这么大，跑飞机啊？

就是嘛，要修，你们修到山上去。就这么大坨坪地，你们拿来修停车场，方便游客，不方便我们自己，让游客占便宜，我们吃亏，你们屁股坐到哪边的？哪有这样的工作队？是游客的工作队还是十八洞的工作队？

他们要方便游客是假，自己借机搞工程赚钱，捞我们和国家油水是真，不搞工程，哪来油水捞嘛？

我屋又不买车，也买不起车，要修你们修到你们屋里去，莫占我田占我地。

买得起车的，都是你们干部。你们买车停车，我们出田出地修停车场，你们好会打主意啊。

干部不打老百姓的主意打哪个主意？

虽然吵吵闹闹，一塌糊涂，但听去听来，就那么十几个人在起哄闹腾。施金通和工作队的人心里有了底。

等大家闹得差不多了，施金通开腔了。

他问：你们讲够了没有？

大家说：没有。

那你们继续讲，等你们讲够。

但没有人再讲了。

施金通又问：你们骂够了没有。

大家又答：没有。

施金通继续鼓励：那你们继续骂。

但没有人再骂。

施金通走到了最高处，讲：喊你们讲你们不讲了，喊你们骂你们不骂了。那好，我现在讲，我现在骂。

一句我现在讲，我现在骂，把看热闹的人逗得哄然大笑。

施金通一本正经地说：你们不要笑，我是真的要讲，真的要骂。为什么，你们听着。

所有的人都竖起了耳朵，等着施金通开讲开骂。他们不晓得施金通怎么讲怎么骂，看戏一样，充满了好奇。

施金通像放连珠炮似的，开讲，开骂。

你们讲我们修停车场是方便游客，我们吃亏。方便游客，前半句对了，我们是方便游客；后半句错了，我们没有吃亏，也没有便宜游客。我们不但没有吃亏，还占了大便宜，占了游客的大便宜。我们修停车场是方便了游客，但更是方便了我们自己，为了我们自己。为什么？因为，我们只有给游客提供了方便和优质的服务，游客才会越来越多；游客越多，就到我们这里消费越多，我们的农副产品才卖得越多。我们的产品不出门，就卖得出去，就卖得上价，我们的农家乐才有人吃有人住，我们就不用外出吃苦打工，坐到屋里就可以赚钱、数钱，有什么不好？

我们数起指头算下子，这几年，我们哪家没有享受到游客带给我们的好处，我们哪个的腰包钱包不是赚的游客钱不是游客帮我们装满的灌鼓的？没有游客时，养头猪，赶不出去，种点菜，烂在地里，你们都忘记了？所以，我讲你们前半句对了，后半句错了。

你们讲修停车场是为了我们干部个人，是我们干部个人打你们和国家的主意，想赚钱骗钱。我当村干部这么多年了，龚海华也到我们村好几年了，扶贫工作队也扶贫好几年了，你们自己摸着良心讲，我们哪个骗了赚了你们和国家的钱？哪个干部剥削了你们，欺骗了你们？你们哪个有油水捞？你们哪个肯让我们捞你们的油水？你们一个个比猴子和妖怪还精，哪个捞得你们的油水，骗得到你们？捞得到不？骗得到不？哪个被捞了被骗了，你站出来，举报我们。只要有证据，真的捞了你们油水，骗了你们钱财，我们自己卷起铺盖进班房。

一句比妖怪和猴子还精，和一句我们自己卷起铺盖进班房，又惹得大家哄然大笑。

施金通没有笑，一脸严肃。

施金通接着说：这几年，我们做了些什么，你们都看得见。你们看龚海华支部书记，来我们村时，白白净净的一个小帅哥、标后生，现在呢？被你们整得乌漆麻黑的，又黑又瘦！

大家又是哄然大笑。

他父母都是干部，他本来可以在县里上班，可以坐在办公室里日不晒雨不淋，却跑到我们十八洞来帮我们扶贫。帮我们做好事不算，还要低三下四地给我们讲好话，求我们，挨我们骂，受我们气，为什么？他有福不享，却来受罪，癫了？不是，是我们癫了，我们好歹不分，是非不辨，是我们癫了。他和扶贫工作队的人一样，都是外地人，帮我们脱贫了，就走了，回去了，他修停车场是为了他修吗？他以后天天无"卵事"把车开到我们十八洞来吗？我们扶贫工作队的领导都无"卵事"，从长沙和县城开着车停到十八洞来吗？还有，他们以后会像我们一样天天到十八洞来摆摊来种菜开农家乐赚钱吗？

一句无"卵事"天天开车停到我们十八洞来，又把大家惹得哄然大笑。

施金通今天却一点都笑不起来。他指着龙秀林接着说：你们再看下龙秀林队长，他是我们花垣县自己人。来的时候，也是一个标小伙子，好后生家，满头黑发，现在呢？满头白发，像个小老头！都是为我们十八洞扶贫操劳操的啊！讲得不好听，就是我们十八洞人一个个把他折磨的啊！杨某某，你不要笑，龙队长的白头发，起码有50根是你折磨白的！你赔他50根白头发！

被点名的杨某某就低下了头，不笑了，任大家笑。

施金通说：你们不要笑，真的没有什么好笑的，我们对不住人啊！龙秀林队长是县里宣传部的领导，帮我们脱贫后，他也回到县里去了。他在我们十八洞亲戚再多，也不可能天天开车来十八洞和我们抢车位。除非他也得了神经病，闲得没事干。

你们再看我，施金通。年轻的，我们是一起光屁股长大的，哪个屁股上长个疮，我们都一清二楚。长辈们更是看着我长大的。我施金通是什么人，是好人坏人，你们心里最清楚。你们晓得，我没有当村干部时，吃得好，穿得好，现在呢？你们都越来越富，我却越来越穷，穷得连鞋子都买不起了，一双皮鞋补了5次。

说着，他抬起右脚，给大家展示，皮鞋烂得露出了脚趾。

你们看，这还是皮鞋吗？是破鞋！

大家又是哄然大笑，有的笑得直不起腰。

为什么你们越来越富，我却越来越穷？为了我们十八洞啊！为了我们十八洞过上好日子啊！我当村主任时，给乡亲们立了军令状的，我要一心一意带领你们脱贫致富，过上好日子。我的身心全都在你们脱贫致富上，没有时间和心思想自己的事、照顾自己的家庭。

你们想想，你们哪个临时有困难，不是我帮你们解决的？你们这个没有钱了，我要少吃少穿地帮你们。你们那个没钱了，我要不吃不穿地帮你们。我的钱，都是帮完这个帮那个帮完的。

我不后悔帮，作为党员和干部，为群众解决困难，是我应该做的。我不要你们记我的好念我的情，可你们也得讲良心啊，不能睁着眼睛讲瞎话啊！不能说我们修停车场是为了我施金通个人啊！你们说修停车场是为了我们自己，他们都不是十八洞的，就我是十八洞的，我的嫌疑最大，就我可能为了自己修停车场，你们就直接说是我施金通得了，莫把龚海华和扶贫工作队的都扯进来，我们厚道点。可是，我是为了我自己吗？我在十八洞有家有室，有田有地，我有的是地方停车，我为我屋修这么大一个停车场？我停航空母舰啊？你们帮我买航空母舰啊？你们刚才看了，我连鞋子都买不起，我还买车买航空母舰？你们都买了，我也买不起。

你们再看看我的头发，脱完了啊！变成癞子脑壳秃了头啊！为什么脱完了？为了村里脱贫，为了你们致富，我愁呀，我整天整夜睡不着呀，头发大把大把地掉呀！我还年轻，我当年也是个帅哥，可是现在呢？我成了破鞋，成了癞子脑壳，你们还忍心说我是为了个人？你们的良心都到哪里去了啊？

说着说着，施金通居然哽咽起来，眼泪打转。但他强忍着没有让眼泪流出来，也没有让演讲变成哭声。

现场除了他讲的屁股上长疮和停航空母舰爆发出笑声外，再也没有人笑了，而是陷入了长久的沉默。

施金通的这场临场演讲，真是智勇双全，入情入理，亦庄亦谐，精彩绝伦。字字句句，击中要害，戳人泪点，直指人心。

我听了，不禁肃然起敬。我要是那些想不通的群众，立马会感动得表态同意，并带头鼓掌。如果我们的村干部都这样有水平，那该多好！

长久的沉默后，突然爆发出一个声音：

你不要讲得好听！你们共产党人最讲牺牲，你把你屋最好的那丘田和我屋调，我就让你修。

施金通一听，知道是他的工作做通了，高兴得立马接应：

好！调！不就是一丘田嘛？只要你同意修，你就是要调我的命，我都干！

你讲话算数，我们现在就调！

行，找纸笔来，我们现在就签字画押！

那是施金通屋边最好最肥的一丘田，而那个人的地却在山脚下，用田换地，本身就吃了大亏，用最好的田换最差的地，就亏上加亏。可是，为了全体村民的停车场能够顺利完成，他觉得值。

就这样，一个可容纳 400 个轿车位、50 个大巴车位的大型停车场在十八洞建成了。

来十八洞的游客再也不用为停车发愁了。

来十八洞的游客再也不用为停车发愁了。

（摄影：李健）

每当看到停车场里停满了来自全国各地的车辆时，施金通的心啊，高兴得就好像那些车全是他自己的似的。

我突然想到了两个字：牺牲。

战场上有牺牲，那是牺牲自己的生命，为的是国家的和平和安宁。和平时有牺牲，那是牺牲自己的时间、利益和幸福，为的是大众的福利和安生。

有了停车场，工作队又想建一个游客服务中心，方便游客咨询、投诉，为游客排忧解难、提供服务。

修游客服务中心时，有一个凉亭占据着中心位置，需要拆。巧的是，这个凉亭又是飞虫寨的地盘。这是一个八角形的凉亭，飞虫寨人夏天在这乘凉，雨天在这避雨，劳动时在这歇歇气、聊聊天、对对歌，晚上也成了青年男女恋爱的好去处。

应该说，这个凉亭成了飞虫寨人生活中的一部分。他们对这凉亭有了一种自然而然的感情。

更重要的是，祖祖辈辈都认为凉亭所在地是龙脉，动不得。动了就动了龙气，更拆不得，拆了就拆了龙气。飞虫寨的人，自然集体反对。

这是牵扯着祖先文化根脉的东西，特别是情感的根脉，不能贸然行动，必须完全说服了飞虫寨的人才能行动。因此，施金通与龚海华、吴仕斌、石登高等工作队的同志一起做工作。

　　连续三个晚上，他们分别召开党员大会，村干部会议和积极分子座谈会，看哪些是坚定的反对者，哪些是可以争取的对象，哪些是积极的支持者，看老百姓口口相传的龙脉到底有什么文化支撑和历史依据。但是，只要有一小部分坚定的反对者，这个事就不好办。事实上，也的确有少部分坚定的反对者。或许他们从心里推崇这种有根的文化，或许他们就是要给工作队难堪。

仅这停车场的一角，就美得像一幅天泼的水墨。（摄影：石林荣）

工作队没有办法，只好召开全体村民大会，一家一个代表，进行投票表决。因为这是全体村民的事，他们就以全体村民议事的形式，进行投票表决。投票表决前，施金通说：

龙是吉祥、兴旺的象征，是我们中华民族祖先的图腾，也是我们苗家的图腾。我们苗族自古就有接龙舞，以跳接龙舞的形式接龙。接龙的目的，是为了我们苗家风调雨顺。既然我们这里有龙脉，龙脉就应该给我们带来吉祥、兴旺和富裕、幸福。能给我们带来吉祥、兴旺和富裕、幸福的山脉才是龙脉。

可是，世世代代，这条龙脉给我们带来了吉祥、兴旺、富裕、幸福了没有？没有。我们世世代代穷。既然没有带来吉祥、兴旺、富裕、幸福，就说明不是龙脉。是习总书记到了我们十八洞后，我们十八洞才开始吉祥、兴旺、富裕、幸福，这说明了什么？说明党的精准扶贫政策才是我们的龙脉。如果一个凉亭就可以改变我们的命运，我们就不会这么穷了，党和政府就不会派这么多人下来帮我们扶贫脱贫了；如果一个凉亭不能改变我们的命运，而这个凉亭却又阻挠我们改变命运，我们要这个凉亭干什么？我们还不如推倒凉亭这个所谓的假龙脉，去跟随精准扶贫这个真龙脉，重新改变我们乡村，创造一个新的世界。

现在，你们每个人都代表自己一家人，每个人手上都有神圣的一票，我们是继续迷信这个凉亭，继续受穷受苦，还是拆掉这个凉亭，相信我们的精准扶贫，跟着党的精准扶贫政策脱贫奔小康，请你们想好了，再投下你们神圣的一票。

结果，94 户人家，82 户投了赞成票。这个曾经被敬为龙脉的凉亭终于拆掉，游客服务中心大楼也顺利完成。

Hunan Xiangxi
Shibadong De Gushi

　　一系列大闹天宫的阻工事件，给了花垣县委和驻村精准扶贫工作队一个重要启示：你给群众做好事，不见得群众就满意、支持和拥护，有时候真是油去了灯不亮。十八洞和各地都多次发生过油去了灯不亮的事。

比如扶贫工作队给某个贫困户送去一头价值5000元的耕牛，让他便于耕田犁地、发展生产，他转手就3000元卖掉了，吃光了。要从根上解决问题，还得从思想上抓起，还得扶贫先扶志、治贫先治根，从思想上克服"等、靠、要"的无为心态，克服趁机捞一把的不良行为，克服"各人门前三尺硬土""老虎屁股摸不得"的冥顽不化。变"要我发展"为"我要发展"，变"人人为我"为"我为人人"。

　　县委书记罗明亲自在十八洞组织召开群众代表大会，把党的惠民政策讲深讲透，家喻户晓，并提升了"投入有限、民力无穷、自力更生、建设家园"的十八洞精神，鼓励群众充分依靠自身力量脱贫致富，并指示县委驻村扶贫工作队的全体同志充分调动一切因素，开动宣传机器，统一思想，凝聚人心，把农村思想建设作为农村基础设施建设的指路牌。

这些满身是汗、满腿是泥的乡民们个个都是艺术家。

（摄影：石林荣）

苗乡十八洞人，生下来就会唱歌，能走路就会跳舞。十八洞人的拿手戏就是演节目。

（摄影：周建华）

开动宣传机器的第一步，就是成立十八洞村民间艺术团。把十八洞有文艺特长和爱好文艺的村民组织起来，白天搞农网改造等基础设施建设，晚上根据十八洞社情民意排练节目。由于十八洞的青壮年大多外出打工了，家家劳力少，农活多，家务事多，扶贫工作队开始担心民间艺术团组织不起来，没想到，村民大会上一动员，报名者出乎意料的踊跃和积极。用扶贫工作队的话说，多得像麻雀赶稻米，一拨接一拨。苗乡十八洞，跟湘西其他土家苗寨一样，生下来就会唱歌，

能走路就会跳舞。识文断字者虽少，能歌善舞者众多。

　　这些满身是汗、满腿是泥的乡民们，往往来不及吃一口饭，就从田里地里山里坡里披一身泥香花香和树香到村部排演节目来了。他们个个都是庄稼人，个个都是艺术家。种庄稼，是种庄稼的行家里手；做艺术，也是有模有样，驾轻就熟。他们的艺术，就像庄稼地里的庄稼，有泥土的孕育、阳光的熏染、风雨的沁润、泥土的气息、阳光的芳香和风雨的清爽，都一如稻穗、麦穗和玉米、小米，饱满、沉实，翻滚着金色的光芒。

他们的第一个节目，就是根据湘西广为流传的民间故事——关于一个懒汉"等、靠、要"最终饿死的故事——改编的。这个懒汉从小好吃懒做，饭来张口，衣来伸手，几十岁的人了，只差父母喂。后来父母年老体衰快死时，担心他饿死，就给他准备了十几个大饼用绳子穿着挂在脖子上，他饿了就吃一口，饿了再吃一口，吃完了也不愿自己做，活活饿死了。表演时，父母的辛劳引发了村民的阵阵眼泪，而懒汉的懒惰引发了村民的阵阵笑声和叹息。

第二个节目是根据邻村的劳动模范改编的勤劳致富的故事。第三个节目是根据十八洞真实人物改编的由百般阻拦村公益建设到积极支持村公益建设的故事。

一台节目下来，扶贫工作队不表态讲话，而是先请村民们一个个上台谈感想，效果出奇的好！村民们的感想接地气，接灵魂，接心灵，讲得比扶贫工作队的总结生动百倍。

关于"等、靠、要"，他们说，懒就穷屙痢巴子，勤就富捡金银子；人怕没志，树怕没皮；人争一口气，佛争一炷香；无志山压山，有志人上人；人要勤成筑窝燕，切莫懒成烂恶蛇；靠人可以靠一时，靠己才能靠一世。

关于公益事业，他们说，莫当挡路狗，要做开路神；人好受人敬，人恶讨人恨；今日让人一根线，明日得人一片天；莫道万事不求人，要求人时天不灵。这种寓教于乐，以乐受教的形式，就像天空中倾泻而来的阳光，一下子就把十八洞村民照得心灵亮堂。

此后，扶贫工作队又组织十八洞民间艺术团排演了关于赌博危害、孝敬老人、团结互助、见义勇为、拾金不昧等节目，这些节目都取材于身边，来自民间，真实、可信、感人，直抵人心和民心，让人心和民心都月华似水，清水洗尘，把村风、民风变得更为明澈和澄净。

每当有人做得不好时，这些节目就会像一面镜子浮现出来，照出自己的影子，照亮自己的心灵。村民们说，如果自己不照，就会有一村的人，一人拿起一面镜子，照妖镜一样照你，照得你原形毕露、无地自容。

每隔半年，十八洞就会选一个皓月高照的日子，与山风和月光一同出发，去参加一个庄严的盛会——村民道德评比大会。月光朦胧，他们的心也朦胧。山风微微，他们的心也微微。踩着上上下下、起起伏伏的村路，他们的心也上上下下、起起伏伏。他们不知道道德评比大会上，自己能评几星，即便评不上五星，千万别垫底，别踩蛇尾巴，那可丢了祖宗八代的脸。

道德评比，是扶贫工作队扶贫要扶志的关键一环，是十八洞文艺宣传队的重要补充和升华。

评比分公益事业、遵纪守法、家庭美德、社会公德、职业道德、个人品德六部分。与会的全体村民以组为单位，按照这六个部分对每个家庭成员无记名投票打分，当场唱票，当场计分。家庭成员综合得分90分以上为五星级家庭，80分以上为四星级家庭，70分以上为三星级家庭，60分以上为二星级家庭，50分以下，没有星级。每个星级都必须在家门口挂上星级牌。这一招，实在厉害，对每一个家庭都有一种伤筋动骨的扯动。

　　用村民们的话说，那些平时家风好的，每一次评比都是一场大考；那些平时家风不好的，每一次评比都是上一次杀场。每一个人都怕自己评不上好星级，如果次次都没有好星级，甚至没有星级，那名声可就臭了，养儿娶不到好媳妇，养女嫁不到好人家，养猪都卖不到好价钱。

★ ★ ★ ★
思想道德建设
星级化管理模式
花垣县双龙镇十八洞村村支部、村委会

每隔半年，十八洞就会踩着明月和清风，举行一次村民道德评比大会，然后根据群众投票，挂上这个星级牌。

（摄影：石林荣）

第一次评比会上，施成富、龙德成夫妇家因为各方面最好，得分最高，被全体村民评为第一名。而施六金因为电线杆的事，被全体村民投票为二星级道德家庭，是整个村子最差的。全村基本上都是三星、四星、五星，只有施六金一家是二星，这对施六金和全村人都是一个很大的震动。这说明什么？说明群众的眼睛是雪亮的，谁好谁不好，群众就是老天爷，看得清清楚楚，谁都逃不过。不好好干不行！拖后腿不行！捣蛋搞破坏更不行！

就此，凡是十八洞的公益事业，再无一人敢挑刺捣乱！

得了最差家庭的施六金，当场羞愧难当，悄然离开。平时的威风，一下子被群众雪亮的眼睛看蔫了。众怒难犯啊！你惹一寨人，一寨人惹你！你恨一寨人，一寨人恨你！真是有什么样的德行，就有什么样的报应！

施六金回到家里，被老母亲哭着一顿臭骂：跟你讲了，不要闹不要闹，你就是不听，就是闹！这下好了，全村道德最差，你让我老脸往哪放？你让你死了的老爹都死不瞑目！全村最坏的人，哪个还看得起你？你这一辈子就莫想讨婆娘，打光棍算了！

每天望着大门口高挂着的二星家庭，施六金真是无地自容。那不是一块普通的小木牌，而是一块深重的耻辱碑。他施六金一辈子的名誉、幸福和未来，就被这块小小的木牌钉在耻辱柱上了。他越想越羞耻，越想越觉得问题严重，就把牌子摘了下来。

村里人见施六金自作主张摘了牌子，就要求工作队再挂上。龙秀林说，我们的目的不是为了惩罚一个人，而是教育一个人、挽救一个人，是为了把事情做好。施六金晓得摘掉牌子，说明他还有羞耻心，还能教育，是好事。人怕的是像茅厕里的石头又臭又硬，还不知羞耻。他晓得羞耻，跑来认错，并表示会积极支持村里的工作，说明他已经真正认识到自己的错误，并在以实际行动改正错误，我们要给他机会。对那些犯错误的人，我们不能一根绳子把他捆死了，而是要解开绳子让他跟我们一起干。

得知施六金被评为最差星级家庭，县委书记罗明觉得这是教育施六金的最好机会，也是教育全村人的好机会。在评完不到十天的时间里，他就连夜驱车来到十八洞，去找施六金谈心。

当罗明出现在施六金面前时，施六金还没有回过神来，木头一样愣在那里。他想，这下完了，县委书记都来找他问罪了，麻烦惹大了。

罗明一看，笑了：嘿，哪门？客人来了不欢迎啊？

施六金这才回过神来赶紧让座，叫了声：罗书记，稀客稀客！

罗明说：我天天来，还什么稀客。你莫紧张，我就来看看你。

施六金不等罗明说明来意就自己赶忙辩解开了：我就那么说说，我也米剪电线、米扯电线杆啊！

罗明顺势接过话题说：你米剪电线、米扯电线杆是对的，说明你还是爱十八洞的，不坏，所以大家米有给你打 60 分以下，60 分以下就是不及格，更丢人呢！

施六金委屈地说：我米剪电线、米扯电线杆，大家为什么还给打最低？

罗明说：所以，我来跟你一起找原因，分析分析为什么？好不？

施六金说：好。

罗明说：我们先分析事情经过，你为什么不让工作队和村委会把电线杆栽到你田里呢？

施六金说：我不好栽秧。

罗明说：一个村这么大的农网改造，要栽很多根电线杆，栽到人家田里地里，人家哪门米讲不方便呢？人家也要栽秧也要种地。

施六金又拿出了跟工作队大闹天宫的话：人家是人家我是我。

罗明笑了：哪门人家是人家你是你？你比人家多长了一个鼻子还是眼睛？你是变形金刚还是飞天超人？

一句话，把施六金和大家都逗笑了。

施六金低下头不好意思地说：那倒不是，那倒不是。

罗明说：那你讲是什么？你讲出理由呢，我就佩服你。

施六金想了想，说：主要是我舍不得田地，田地太少了！

罗明说：你舍不得田地，田地太少，我理解。十八洞不光你一个人田地少，是家家都田地少，人家哪门不闹就你闹呢？你再讲讲理由，讲出来了，我还是佩服你。

施六金想了想：我讲不出其他理由了，就是田地太少了才不准他们栽。

罗明说：问题是，技术勘探测量，必须经过你田里。不经过你田里，这个工程就得改线路，一改线路就得花更多的钱。就算花更多的钱，也得经过人家田里地里，如果人家也像你一样这也不让栽那也不让栽，栽到哪里去？栽到天上去？

一句话，又把施六金和大家逗笑了。

罗明也笑了，说：要是真能栽到天上去，我哪个也不请，就请你往天上栽，我跟你一起栽，你能栽？

施六金笑了：栽不得，栽不得。

罗明说：就是啊，做不得的事你偏要做，不是讨大家恨吗？你看，你又米剪电线、米扯电线杆，大家却把你评为最差星级，为什么？

施六金摇头：不晓得。

罗明说：我们湘西人讲的话丑脾气臭，你是典型的话丑脾气臭，懂大道理不懂小是非。为什么讲你懂大道理不懂小是非呢？你看，你米剪电线，米扯电线杆，说明你是懂大道理的，晓得剪了扯了又是破坏又得罪全村人，但你又不服气偏要闹，好像闹了就心里舒服了，闹了就与众不同有本事了，图嘴巴快活，这就是不懂小是非。结果呢？大家都看在眼里记在心上，你变成了一个最不懂道理的人，嘴巴快活了，心里难受

人间正是艳阳天

了。这就是阴沟里翻船！对不？

施六金频频点头。

罗明见施六金频频点头，就继续说：这就是我们湘西人讲的，又不会为人又不会做事。你一个本来很老实本分的人，哪门分不清好坏，要做违背大家利益包括你自己利益的事呢？农网改造是给每个人都造福的事，你反对阻拦，大家看你能不像个恶人吗？大家不投你反对票才怪呢！其实，左看右看你不是恶人嘛，是老实人嘛。

施六金笑：我本来就是老实人。

罗明笑：是的，老实人做倔巴事。你看，你现在还是单身汉，你要是这个臭脾气不改，大家还给你打最低分，你以后还找得到媳妇啊？哪个女的敢跟你过啊，除非这个女的是瞎了眼睛。

大家一听又笑。

施六金不好意思地说：看来这件事我是真的做错了。

罗明说：你是真的认识到自己做得不好了米？

施六金说：你这么一分析，我真的认识到自己做得不好了。

罗明说：做得不好没关系，毛主席都讲了知错就改就是好同志，何况你米剪电线米扯电线杆米把事情做绝，大家会原谅你的。不要灰心，好好干，干好干坏群众和我们都看到的，只要你振作起来，好好干，我第一个支持你！

施六金感动地说：你这么大一个县委书记都相信我，我不好好干就太不懂事、不是人了。书记放心，我一定做十八洞最好的村民！

罗明说：有你这句话，我就放心了。以后有什么过不去的坎，可以直接找我，我把电话留给你。

说完，罗明把电话念给了施六金，施六金和在场的村民把罗明的电话都存在了手机上。

从此，施六金就成了罗明的朋友。罗明每次来十八洞都要看看施六金，问问施六金的情况。

施六金从此像换了一个人似的，事事带头，处处在前，成了十八洞脱贫致富的积极分子。龙秀林看在眼里，喜在心上，把他送到县里，进行导游培训。因为他能说会道，是当导游的好手。学成归来的施六金，成了十八洞旅游的第一批导游，而且是免费导游。

看施六金家的房子柱子朽了，房子歪了，龙秀林又让工作队拨了2000多元钱给施六金，让他把家里的几根柱子换了，把房子拉直了。每天给游客当导游的施六金，听到游客夸自己，夸十八洞时，觉得自己有价值，荣誉感空前增强，责任感也空前增强。工作队给他整修了房子，温暖感、呵护感也倍增。他觉得工作队不但没有抛弃他，还很信任他、关心他，他要加倍努力才是。

现在的施六金，不但红红火火地开了一个农家乐，还在游客必经的路边摆了一个小摊，向游客出售十八洞的土特产和矿泉水、烟、饮料等日用品。在村委会换届选举中，施六金还被选为梨子寨——就是习总书记视察的那个寨子的村民小组组长。那 40 岁也没娶上的媳妇，也像一首歌里唱的：你从哪里来我的朋友，好像一只蝴蝶飞进我的窗口。

2014 年 9 月 9 日，十八洞破天荒举办了第一期"道德大讲堂"，这也是中国农村的第一个道德大讲堂。与全国大讲堂最大的区别是，这个大讲堂不是请某一个知名专家来讲，而是十八洞老百姓自己上台讲。讲身边典型，讲外边见闻，讲人生感受，讲理想梦想。好不热闹。

火车轮下救人的龙兴刚、拾金不昧的杨秀富、助人为乐的隆会、孝敬老人的王晴霞等身边的典型，都是村民们踊跃登台演讲时发现的典型。这个大讲堂不定期举办，如今已经举办十多期，深受百姓欢迎。

2014 年 11 月 3 日，是习总书记视察十八洞一周年的日子。扶贫工作队和十八洞村委会举办了首届"11·3 颁奖晚会"，表彰了 48 个表现突出的"道德模范"，为大家树立了身边的榜样。

从此，本就民风淳朴的十八洞，社会风尚更好，责任感、荣誉感、奉献感空前增强，人人都爱十八洞，人人不负十八洞。十八洞村的"三通""五改"和公共服务设施建设毫无疑问全部顺利实施。全村拓宽村道4.8公里，225户房前屋后铺上了青石板，家家通上了自来水，户户用上了放心电。村民生活环境得到了根本性的改善。人心得到了空前的凝聚。十八洞从心变新，焕然一新，以新得心。

泥土里生长的课堂，是最能让美好生根的课堂。

（摄影：石林荣）

Hunan Xiangxi
Shibadong De Gushi

　　前面说到扶贫工作队和村委会通过公正公开的民意测评，评出了 136 户贫困户 533 名贫困人员。评出了怎么办？评出后，等着国家救济吗？

　　针对这 136 户 533 人的贫困情况，扶贫工作队队员和县扶贫开发办、县苗汉子合作社干部职工 37 人一对一联系 136 户精准扶贫户，每人联系3—5户贫困户，引导贫困户建立产业，精准产业发展，精准产业扶贫。

通过几年的精准扶贫实践，十八洞以股份合作模式，以建立猕猴桃、苗绣、黑毛猪养殖等8个农民专业合作社形式，成功地摸索出了一条资金跟着穷人走、穷人跟着能人（合作社）走、能人（合作社）跟着产业走、产业跟着市场走的"四跟四走"的做法，抱团取暖，抱团脱贫，抱团致富。

十八洞土地可耕种面积虽然很少很少，人均只有0.83亩，但十八洞的土地富含硒。硒被国内外医药界和营养学界尊称为"生命的火种"，享有"长寿元素""抗癌之王""心脏守护神""天然解毒剂"等美誉。硒在人体组织内含量为千万分之一，但却决定了生命的存在，对人类健康的巨大作用是其他物质无法替代的。

人终生需要补硒，缺硒会直接导致人体免疫力下降。而中国是硒资源奇缺的国家，中国72%的地区缺硒，7亿多人生活在低硒区。而湘西和十八洞却是富硒地区，这对湘西和十八洞来说实在是个天大的福音。可是，跟所有湘西人一样，十八洞人并不知道自己这片土地是富硒土地、是福地，硒资源被浪费了，荒废了。可以说是，把一块金子当作垃圾扔了。

扶贫工作队决定组织十八洞村民每家每户在房前屋后种10棵冬桃、10棵黄桃，在稻田里养300条稻花鱼。种得越多越好，养得越多越好，不能低于这个基本数字。一家最低20棵桃树，225户人家最低就是4500棵桃树。连成一片，就是一个桃花源。

春天桃花盛开，一片桃花美景；秋天桃子飘香，一派丰收景象。如果一家最低养300条稻花鱼，225户人家最低就是67500条稻花鱼。夏天稻花开后，会一层一层落进稻田，稻田里的鱼就会吃着一片片稻花长肥长大。当一片片白色的稻花摇曳、一片片金色的稻浪翻滚时，当一尾尾吃着稻花的鱼儿在水中刺泼刺泼游弋，欢天喜地地穿行，甚至兴奋地奔腾跳跃时，那是一番怎样的喜人景象？田园抒情诗，都是稻浪和鱼抒写的。

水果是富硒的，稻米是富硒的，鱼也是富硒的，那多么让人艳羡和嫉妒？于是，十八洞人的梦中都开出了一树树桃花、结出了一树树桃子、游来了一群群稻花鱼。

如今，不用再像以前那样发动和做工作，只要开会说一声，一丛丛桃林就很快长起来，一尾尾稻花鱼就很快养起来了。

十八洞的田园抒情诗，都是稻浪和鱼抒写的。（摄影：石林荣）

扶贫工作队借助科技互联网，在中国三湘邮政做了个放心平台和爱心平台，把富含硒的桃林放上去，让有爱心和爱健康的游客认领认养。一棵桃树418元，全村已被认领认养4160棵，毛收入达170多万元。凡认领认养桃树的游客，都被授予"十八洞荣誉村民"称号。这些荣誉村民，有空就会带人来十八洞走走看看，看看这里的风景，看看认养的桃树，没空就委托村民们帮助管理。

桃子熟时，荣誉村民们就会带人来采摘，享受劳动果实和丰收的喜悦。没空来，十八洞村民就会把桃子打包快递给这些荣誉村民，让他们坐在城市里也能享受大自然的馈赠和十八洞的回报。

而那些稻花鱼，就变成了游客们在十八洞必吃的一道美食。稻田里的稻花鱼，不但没有一点泥腥味，也没有一点其他腥味，在锅里放上花椒叶、生姜、辣椒、酱油，一煎、一烹、一焖，那味道说不出的鲜美、肥嫩、香醇。许多自驾到十八洞的游客，都会要求买上几条带回家，甚至让十八洞人烹饪好后带回家。那些要坐飞机火车的游客，就会买上几斤晒干了的稻花鱼带回家，与家人共享。

桃子和稻花鱼成了十八洞的特色产业和农业风景。

更大的特色产业和农业风景，是十八洞的猕猴桃产业风景。

十八洞漫山遍野长满了野生猕猴桃，但这些野生猕猴桃都烂在了山上。山高路陡，留守的老人孩子都不便采摘。采摘下来，也卖不掉，吃不了，只能烂在地里。扶贫工作队请来吉首大学的老师检测后，发现这些猕猴桃也富含硒，是富硒猕猴桃。虽然这些野生猕猴桃不能引种，但十八洞的地理条件和土壤适合猕猴桃生长。

扶贫工作队如获至宝，从外地引种了同样富含硒的红心猕猴桃和黄心猕猴桃，家家户户栽种。同时组建十八洞村苗汉子果业有限责任公司，以企业和能人为龙头，让全村所有农户特别是特困户入股。由于十八洞可用地面积太少，十八洞苗汉子果业有限责任公司把眼光转向了周边的村庄，他们通过股份合作的形式，在美丽的紫霞湖边异地租用、流转土地 1000 亩，建设精品猕猴桃基地。县委书记罗明把这种创造性实践形象地称为"飞地经济"。

中科院专家下乡指导猕猴桃种植，为建设精品猕猴桃基地提供技术支持。（摄影：石林荣）

十八洞异地租赁流转的 1000 亩猕猴桃果园在花垣县美丽的紫霞湖边。那是一个有 5000 多平方米水面的人工湖，是花垣县人把四周群山的山泉水和洞溪水围成的人工湖。那群山不高，都只有几百米，却一年四季郁郁葱葱，苍翠欲滴。

一座座青山插在水里时，像一座座宝塔立在水中。那水，是一面硕大碧绿的镜子，青嫩青嫩的，清亮清亮的，照得见蓝天上飘着的一朵朵白云、山岚间绕着的一片片雾霭、村舍里升腾的一缕缕炊烟、水面上起飞的一群群水鸟。十八洞在这样的一个地方租赁流转生产基地，等于是租赁流转的一幅幅图画、一帧帧风景。

这个项目获利后，人均年增收 5000 元以上，入股的特困户人均可达 8000 元，村集体年增收可达 100 万元。从自己少得可怜的土地却被闲置和荒废，到租用流转邻村的土地，这是一个历史性的跨越。这表明十八洞人不再是坐井观天，而是洞开了视野，打开了天窗，拥抱着世界。

　　紫霞湖边，当我看到富硒猕猴桃与霞光一同生长、光芒万丈时，当我看到猕猴桃园全是现代化的栽培和管理时，我就想那猕猴桃将会是怎样的一种春风得意？那一串串密密麻麻吊着的猕猴桃，一定像一串串叮叮当当的风铃，清风一过，湖光就会摇醒，山色就会摇亮，白云就会摇落，水鸟就会摇飞。

　　2017年12月23日，我的这种诗意梦想在湖南卫视的《新闻联播》看到了。虽然已经是冬天了，但镜头里的十八洞和紫霞湖，却依然到处

葱绿青嫩，明媚清新，一派春天的活力和生机。

　　我看到了湖南卫视的芒果平台携手花垣县政府直播十八洞猕猴桃首次大丰收、快乐购的消息，看到了满园的猕猴桃金黄肥壮、饱满丰腴，真像一串串叮叮当当的风铃在悠悠摇晃。我看到了石拔专、龙德成二位苗家大姐采摘猕猴桃时灿烂的笑，看到了施成富、施六金、龙先兰几位苗家兄弟挑起猕猴桃装车发货的身影。

紫霞湖边，当我看到富硒猕猴桃与霞光一同生长、光芒万丈时，那猕猴桃将会是怎样的一种春风得意？

（摄影：周建华）

那237项指标全部达到世界最高水平的十八洞有机猕猴桃，真叫一个甜啊！（摄影：周建华）

当然，我还看到了全国各地的游客和食客抢购十八洞猕猴桃时的场景，看到了直播两个小时，销售3万多斤的喜人新闻。随后的几天里，全村180万斤猕猴桃全部抢购一空，销售收入200多万元。

那猕猴桃真是好啊，金黄的肉身用刀一切，清亮的糖水就流了出来；那饱满的肉质，就像一块块崭新的金币；那黑黑的果籽，就像一粒粒油亮的芝麻。而那红心猕猴桃，却在金黄的外表下藏着一颗鲜红的心，开着一朵鲜红的花。那没有污染、不施化肥、不打农药、237项指标全部达到世界最高水平的十八洞有机猕猴桃，真叫一个甜啊！甜透了十八洞人的心，也甜透了游客和食客的心。

11

Hunan Xiangxi
Shibadong De Gushi

第三次去十八洞时，正好是雪天。

湘西，几乎年年冬天下雪的，而且是大雪。

湘西的雪都是鹅毛大雪。湘西的天干净，所以湘西的雪干净。湘西的空气好，所以湘西的雪好。湘西的风景美，所以湘西的雪美。

一到雪天，湘西到处都是白茫茫的一片，天地间一派清朗，山水间一派清气，一呼一吸间，甜丝丝、湿润润的清爽和清新直逼肺腑。雪地里，当全世界是一个颜色时，景致却是不同的。北方平原的那种一马平川的单一之美，是无论如何比不上湘西大山里那种随着山势起伏、蜿蜒、错落、铺展的丰富之美。

可以说，任何一点都是图画，任何一抹都是风景，特别是雪线下透着一丝丝绿，绿意里披着一身身白时，特别是一望无际却又起伏有韵、错落有致的雪地里，有一个鲜艳的人、一只欢快的狗或者其他什么生灵在移动时，那就是画面里一种最生动的切片、诗句里一个最迷人的字眼。

围着火，我们谈的依然是十八洞的变迁和今昔。

湘西的火塘，都是四四方方的一个坑。四周用整齐划一的青石条围着，正中放着青架，旁边煨着瓦罐或者水壶。青架，是一种铁制的器皿，上面是一个铁的圆圈，下面是三根细小的、圆圆的、均衡排列着的铁柱，铁圈和铁柱连为一体，构成一个支架，所以叫青架。青架是用来架锅炒菜、架鼎煮饭、架壶烧水的，是湘西农村必备的生活用品。火塘上面的半空中则吊着一个火炕，家家户户挂的是一炕喷香的、油光闪亮的腊肉。

湘西的雪天，是画面里最生动的切片，诗句里最迷人的字眼。（摄影：周建华）

　　火塘里的火熊熊燃烧着，几缕火苗格外强劲和欢快，冲得老远，还呼呼有声。湘西人说，是火在笑，火笑的时候，就是贵客要来，是欢迎贵客。十八洞人说，习总书记来的前几天，一寨子人家的火苗都在笑，笑了好几天，原来是习总书记这样的贵客要来。

　　他们每个人都坐在椅子板凳上，把双手伸出来，烤火。而我则把笔记本放在膝盖上，记录。火塘温暖了我们的全身。火光映红了我们的脸。他们的讲述，则是雪天里的阳光，直射我的心。

十八洞人说，火在笑，贵客到。习总书记来的前几天，一寨子人家的火苗都笑了好几天。石拔专大姐家的火苗笑得最欢。

（摄影：彭学康）

施金通说：在基层，村干部是一村人的儿子，一村人的家长。一寨的老人病了，你都得去看。他们的儿女都打工去了，不在身边，我们这些村干部就是他们的儿女，要为他们看病治病，买好吃好喝的，伺候父母一样照顾他们。一寨的孩子有状况了，我们得去及时处理，帮助照看。他们的家长打工去了，不在身边，我们就是他们的家长。我们得看护好他们，稍有闪失，都会要了他们父母的命。

空巢家庭，留守妇女儿童，是整个农村的一块心病。这也是习总书记在十八洞与我们村民座谈时最牵挂的事。好在十八洞经历这些年的巨大变化后，很多人都不去打工了，就在十八洞创业发展、勤劳致富，这个问题不那么明显了。但却还是有一部分青壮年常年在外打工，他们的家庭，还需要我们特别的照顾和关心。

他们想到了苗绣。

　　苗绣，是湘西苗族最为古老的一种民间风物，色彩艳丽，明暗对比鲜明，冷暖对比鲜明，红、绿、蓝、黑、白、黄几种颜色混搭得特别有致、和谐、美丽。曾几何时，湘西的苗族女人，从小就会苗绣。世界上有多少种颜色，她们就能绣多少种颜色。世界上有多少种声音，她们就能绣多少种声音。世界上有多少种风景，她们就能绣多少种风景。世界上有多少种世界，她们就能绣多少种世界。

云一根，
霞一根。
草一根，
树一根。

（摄影：周建华）

山一线，水一线。花一针，果一针。（摄影：石林荣）

　　她们绣得最多的是一家人穿的土布绣衣，绣得最上心的是给情人的
花带。当苗族少女把自己绣的花带交给你时，苗族少女的一生就交给你

了。那是花带一样多彩的一生、是花带一样美丽的一生、是花带一样长长的一生，她的一生都得被你牵着，你的一生都得被她牵着。

一个个苗族少女就是这样一个个被一根花带带进一个个崭新的家庭，为人妻、为人母、为人奶奶婆婆的。本来她们的一生都不会离开丈夫，一生都会跟男人一起守着泥土和大山，过着清贫而甜蜜的日子。可是，改革开放的大潮却把她们的男人全冲到城里去打拼了，只留下她们守着老人孩子、守着泥土大山。她们有了另一个共同的名字：留守妇女。

男人们外出后，这些留守妇女就成了十八洞的天。十八洞的风云雨雪，十八洞的阴晴圆缺，十八洞的天上地下，都靠这些留守妇女的肩膀扛着、心里装着。苦得吃，累得受，泪得咽，血得吞。

她们的身心是疲惫的，精神是孤独的，负担是沉重的。怎么把这些留守妇女团结起来，让这些孤独的留守妇女感到她们守着的不是一座空村、百座空山，怎么让她们抱团取暖，成了扶贫工作队的一块心病。

新任扶贫工作队队长吴启斌通过走访调查，发现这些留守妇女有一个共同的爱好和特长，即会苗绣。于是，他找到已经卸任的村支部书记石顺莲，请她牵头，成立十八洞苗绣特产农民专业合作社。

石顺莲在十八洞德高望重，正直，能干，大公无私，曾经当了20多年的十八洞村支部书记，是公认的大能人。她当村支部书记时，为了建村部，让村民有一个村民之家，她拿自己唯一的好田换了别人的旱地。

石顺莲说：我就是要孙猴子七十二变，把苗绣变成金子银子和票子。

（摄影：李健）

她不但时时吃苦，还事事吃亏。她一儿一女，都已长大成人，成家立业。好不容易从十八洞村支部书记的位置上退了下来，准备安享晚年，这时又要接手十八洞苗绣特产农民专业合作社社长，带领全村妇女致富，实在是让她的儿女们心疼。

儿女说：阿娘，你给十八洞操了一辈子心，你还米操够啊？

石顺莲笑着说：嗯，阿娘就是劳碌的命。

儿女说：你劳碌米得关系，关键是你做

好不得好，万一做不起来，亏本哪门搞？你不讨一寨人恨你！

石顺莲说：做都还米做，你就怕三怕四的，肯定做不好，你阿娘是什么人，你不晓得啊？要做就做好，做了就会好，到时一寨人都会谢你阿娘，信不信？

儿女们的担心不无道理。苗绣合作社成立之初，村里的确有不少风言风语，说石顺莲退位还想掌握十八洞的有，说石顺莲老了不甘寂寞还要出风头的有，更多的人是抱着怀疑的态度，认为苗绣就是祖祖辈辈用来织布穿衣的，没有看到能够卖钱赚钱的。

石顺莲说：我就是要当个孙猴子七十二变，把苗绣变成金子银子，变成大把大把的票子。

但是，随着时代的发展，十八洞会苗绣的妇女除了那些年长的阿婆，中青年妇女基本都不会了。即便是会苗绣的阿婆们，也多半只会绣十多种图案，远远满足不了现代化市场消费的需要了。

扶贫工作队请县就业局培训中心和职业教育中心从县里、州里请来艺术设计师和苗绣大师们，给十八洞的留守妇女们以"门前办班""田间培训""车间教授"等灵活多样的形式进行技能培训，使十八洞妇女不出村、不出厂即可接收培训，增强十八洞村民脱贫发展的自我造血功能。

53 名志同道合的苗族妇女每天忙完农活和家务后，就会来到石顺莲家，一起飞针走线、穿梭织锦。云一根，霞一根，树一根，草一根，这是平绣；风一线，雨一线，山一线，水一线，这是凸绣；花一针，果一针，月一针，星一针，这是缠绣；鸟一梭，蛙一梭，蝶一梭，鱼一梭，这是织绣；还有什么辫绣、绉绣，贴花、抽花、堆花、捆花、洒花、点花、粘花。真是博大精深。一幅幅苗绣就这样成了，一种种美丽就这样有了。

鸟一梭，蛙一梭。蝶一梭，鱼一梭。（摄影：石林荣）

世上最美的万物、人间最美的万事、生活最好的景象，就这样被十八洞的苗女们绣成了永恒。人世间最美的景象和祝福，都留在了十八洞的苗绣里。由于十八洞的苗绣，纯粹是手工绣，有天然美，深受游客和客户喜爱。合作社成立第一年，便签订了100多万元的订单，累计回收苗绣半成品2000余件，赚取加工费20多万元，入社农户每人一年纯收入2万元。

男人是社会的主心骨，女人是家庭的主心骨。在家里，女人全心全意的无私奉献，奠定了女人在家庭中不可撼动的地位。所以，女人能干，整个家庭就有条理。女人心眼亮，家里的日子就好过。女人明白是非，公事私事就好办。用俗话说：女人的枕头风胜过外人的龙卷风。

扶贫工作队，除了培训妇女们的生产技能，还根据女人们喜闻乐见的生活，组织她们开展一系列文化活动。

喜欢打苗鼓的，给她们每人配上一面鼓，鼓励她们忙完家务和农活后打苗鼓。

喜欢唱苗歌的，给她们每人送上几盒苗歌磁带，让她们学苗歌，唱苗歌。

喜欢跳广场舞的，给她们提供场地，让她们跳广场舞。

但是这几天太忙了，她们没时间唱歌跳舞和打苗鼓了，她们忙年。

有的人家在推豆腐。

有的人家在打糍粑。

有的人家在破鱼肚。

有的人家在修鸡鸭。

虽然是冰冷的雪天，却家家户户都是热气腾腾。

一箱一箱的豆腐，像另一种雪落在家家户户的阶沿。

一桌子一桌子的糍粑，像一个个月亮摆满了坪场。

剖好的一条条鲤鱼，正挂在竹篱笆上风干。

修好的一只只鸡鸭，正摆在盆里等待清洗。

远去的鸟雀已经归巢了。远方的亲人也回来了。那些等待的妇女，那些留守的儿童，那些孤独的老人，这时都不再等待，不再留守，不再孤独了。最幸福的时光，就是这个时候了。

十八洞的日子，就像石槽里打出的糯米粑粑滚白糖，越滚越黏糊，越滚越甜蜜。

（摄影：石林荣）

踏着年节的喜庆，我们走访了杨秀富、龙拔二一家，听杨秀富和龙拔二给我们讲他家精准脱贫的故事。

　　去时，杨秀富和龙拔二两口子在贴对联。儿子站在旁边帮看对联贴得正不正。

　　上联：天赐鸿运财源广

　　下联：地呈吉祥福临门

　　横批：景和春明

　　我说：杨大哥，这是你自己想的对联吗？

　　杨秀富说：不是，是我到集市上买的对联。

　　我说：你为什么要买这一副，不买其他的呢？

　　杨秀富说：这副意义好。

　　我说：好在哪里，你说说看？

　　杨秀富说：你看，"天赐鸿运财源广"，这个天啊，就是习总书记，就是党。是习总书记和党制定的精准扶贫好政策，才给了我们这个好运气，带给了我们大财富，我们才赚了钱，脱了贫，致了富。"地呈吉祥福临门"，这个地，就是我们老百姓，搭帮习总书记和党的好领导好政策，我们现在的生活很吉祥幸福和美满。景和春明，讲的是我们现在的日子就像我们的好风景，处处如春。我的理解对吧？

人
间
正
是
艳
阳
天

我连忙说：很对，很对，比我理解得还好，还有文化。

两口子和儿子一直是一脸的笑。那发自内心的笑，真的让我们感到阳光灿烂、景和春明。

贴完对联，两口子连忙招呼我们进屋坐。笑里透着一种白雪一样干净的清气。

我们看他们在门外摆有小吃摊，知道还要招呼客人，就不打算进去，准备站在外面跟他们聊聊。

两口子却硬要拉我们进屋，说外面冷，进屋烤火。外面的小吃摊，让儿子看着。

龙拔二说：你们先进屋烤火，我跟你们先下一碗米豆腐，看好吃不好吃？

我们连连说不用，龙拔二说，新年新时的，哪能不吃点东西，尝尝我的手艺，好给我做宣传。

两口子是开农家乐的，也附带摆了个小吃摊。小吃摊上，摆着米豆腐、魔芋豆腐、粉条、海带等主食，摆有肉臊子、葱、蒜、姜、酱油、胡椒、辣椒等调料。火炉上的骨头汤，正呼呼地冒着热气。骨头汤的香味，也顺着热气扑鼻而来。

农家乐不大，就在自己住的家里开的。堂屋里摆了四张桌子，两边的火炕上各摆了两张桌子。一桌10人，八桌80人。也就是一次可以容纳80人就餐。

火塘的炕上挂了满满一大炕腊肉，我们站在门口时，那腊肉的浓香就飘进鼻子了。杨秀富说：冬月里就杀了三头猪，有800多斤。根本不够，还得买几头杀了熏着。腊肉好卖。游客喜欢吃，吃完了还要买些带走，我们十八洞都是统一价，40元一斤，好销得很。用不了几个月，我这炕上的800多斤就要卖完了。一年我光卖生腊肉至少两三万元。开农家乐炒菜用的腊肉那就更多了。你们不晓得，我们这里的土特产现在紧俏得很。捡块石头都可变成钱。

一到年关，十八洞就喜气洋洋的，用这样的方式，家家户户相互拜年，念动亲情和乡关。

（摄影：周建华）

龙拔二笑呵呵地用托盘端着几碗米豆腐进来了。一块块四四方方的米豆腐，在开水里烫熟后，放上些许骨头汤，配上肉臊子和辣椒、姜葱、酱油等佐料，用筷子一搅拌，五颜六色，真是好看。吃起来，鲜香无比，我们似乎没吃过这样好吃的米豆腐，居然毫不客气地又各吃了一碗。

吃完了，龙拔二说：再吃碗我的魔芋豆腐，也好吃得很。

杨秀富笑：你不想让客人吃饭了，光吃你的小吃。

龙拔二不好意思地说：那是，少吃点，少吃点，留到下回吃，等下还要吃饭。

我说：你这小吃一年也赚不少吧？

龙拔二得意地伸出三根手指：三万来块。

杨秀富说：小本生意赚大钱。

我说：你们好能干啊。

龙拔二说：能干什么啊？杨秀富是半个残疾人，重活苦活，都不能干，全靠我一个人。

我说：杨大哥怎么了？

龙拔二说：椎间盘突出。好多年了。严重得很。你说，他年纪轻轻就怎么会得这么一个病，把我整得啊，死去活来。

说着说着，龙拔二的话匣子打开了，竹筒倒豆子似的讲起了她跟杨秀富的家事。

杨秀富只是看着快人快语的龙拔二，腼腆地笑。

龙拔二说：杨秀富是1953年生的，3个兄弟，4个姐妹。我呢，是1956年生的，4个姐妹，1个哥哥。媒人给我介绍杨秀富时，我坚决不同意。我不同意，不是因为杨秀富这个人，我没见过他，不知道他是好是坏，是乖是丑，是因为十八洞太穷。全世界都晓得十八洞穷，深山老林的，穷山恶水的，连个路都没有一脚好的，我坚决不同意。他杨秀富是天下第一帅的男人，我也不同意。人穷穷一时，地穷穷一世，我不同意。

我一听说要跟杨秀富相亲，就找借口跑到很远的工地上出集体工去了。那时，田地没有到户，都出集体工，县里正在大搞农田水利建设，修水库。我娘见了，气得要死，从牙缝里蹦出两个字：绑去！还真带上几个亲戚拿一根牛绳子，跑到水库工地来绑我。

　　见我娘不给我面子，当着一县修水库的民工要绑我相亲，我也就大闹天宫，放声声讨，我说：娘，现在是新社会，婚姻自由，你强迫我，绑架我嫁人，是犯法的，我要到法院告你去。

　　我娘才不听那一套：你是我女儿，我让你嫁人我就犯法？你说我犯法，你现在就喊法院来抓我啊。

　　我就说：你就是犯法，犯的国法。

　　我娘说：我才不管犯什么法，在我家里，我就是法。你今天去也得去，不去也得去。

　　我气坏了，说：娘，你杀了我，我也不去。

　　我娘说：你到底去不去？

　　我咬着牙说：不去，杀了我也不去。

　　我娘就对几个亲戚喊：绑了她！

　　几个亲戚看着我，又看着娘，又想绑又不敢绑。

　　我威胁说：你们敢绑，我就撞死在你们面前。

几个人就不敢上前来了。

娘看绑不了我，就放声长哭：我怎么养了这么一个不懂事不听话的女儿啊？我这个女儿怎么一点也不体谅娘的苦啊？我上辈子做了什么孽啊？我这个女儿白养了啊！

哭得难听死了。我当时气呼呼地想，世界上哪有这样的娘，把自己的女儿往火坑里推，还说我不懂事不听话，白养了，白养了就白养了。

我问：你后来怎么又嫁给了杨大哥。

龙拔二说：他命好嘛！你不晓得我那个娘，可会整人了。她三天两头跑到工地上来闹一次，寻死觅活地折磨我一次，说我不嫁杨秀富，她死都不瞑目，不晓得杨秀富给我娘和我爹灌了什么迷魂汤。

杨秀富不好意思地笑了，辩解：我哪有什么迷魂汤，我就是人好嘛。

龙拔二笑：嗳，他这倒是大实话。经不住我娘折腾，我抱着敷衍的态度跟杨秀富见了一面。一见，我还真第一眼就喜欢上了他。你们莫看他现在这个鬼样子，年轻时候可帅了，用现在时髦的话，帅呆了。

她儿子站在一旁插话：阿娘，现在更时髦的话，叫小鲜肉。

龙拔二笑骂：年轻人打什么岔，你才是小鲜肉。

杨秀富抬头指指炕上的腊肉，说：你阿娘嫌我是老腊肉了。

龙拔二鼻子一哼：哼，要嫌你，早休了你。我那时年轻，不懂事，一看到他就被他迷住了。他真是帅。我们叫长得好看。那个脸像画里画的，要多好看有多好看，眼睛亮得像星子，眼神深得像水井，越看越想往深看。那个笑，更是迷人。你们不晓得，他瞪着眼睛看着我笑时，眼神好可怜的样子，笑容好无辜的样子，好像我在欺负他一样，好像我不拉他一把，他就要掉到天坑里去了一样，我就是被他那张好看的脸、可怜的眼神和无辜的笑容迷住了，觉得不拉他一把我就犯罪了。十八洞的穷，都抛到后脑壳去了，刀山火海我也认了。当时我就想，怪不得我娘要死要活地要我嫁给他，原来他有 nia-nia 药。

nia，是湘西的方言，没有汉语对应的字。两人紧密地黏合在一起，湘西人叫 nia。nia-nia 药是湘西民间放情蛊时的一种药物，有植物的，有昆虫的。两个人没有感情时，一方就会给另一方吃这种药，另一方就会产生感情，爱上放情蛊的那个人。

杨秀富接过话说：我其实一看到她就心里没底了。她太漂亮了。我想，这个媒人怎么给我介绍一个仙女呢？我怎么配得上？我觉得她是我见过最漂亮的女人。所以，我的眼神可能有点可怜，笑得有点无辜。

儿子又忍不住插话：哎呀，老了，老了，还这么肉麻。

龙拔二又骂：就你嘴巴多，你不讲话，没有人讲你是哑巴。

龙拔二说：嫁给他，没有错。他家里穷，但他人好，有一口好吃的，都留给我。有了孩子就留给孩子。又忠厚肯做，会为人，跟一个寨子的人都没红过脸。所以，他后来瘫在床上，我也吃了秤砣铁了心，不离不弃。

他四十来岁时，腰椎间盘突出，瘫痪在床两年多下不得地，屎尿都要我接。那时，是我这辈子最难熬的时候。他瘫了，他老母亲也瘫了，我一个人要伺候两个瘫子、四个小孩，还要种自己的责任田。我一个人苦得像牛一样，比牛还苦。牛有人守，有人喂草。我只能一个人把所有的苦都自己背着。

那时候，我就没想过找靠山，都穷，靠哪个都靠不了，只能靠自己。我是苗族女，我们苗族女吃得苦，受得罪。杨秀富不能下地种田了，我就自己犁田、耕地、打谷子。我屋的一丘田在山脚下，犁田时，搬不动犁田的机子，我就把机子拆了，一件件背到山下，到山下再一件件组装。打谷子时，背不起打谷机，我也是先把轮子背下山，再把谷桶背下山。

一天下来，肩上背上脖子上都是磨破的血泡。田地少，田地里刨不了什么吃的穿的，我就养牛、养鸡、养羊，一养几百只、几百头，卖的钱给他和婆婆买药治病，供儿女们读书。养牛养羊养鸡的钱都是政府扶贫贴息贷款的钱，有的还是政府免费送我们养的，养好了，不愁买卖，有人收购，还有补贴。国家政策好啊。尽管里里外外都只是我一个人，生活又那么苦和累，我没有让儿女吃过亏，也没有亏待过我婆婆和杨秀富。可惜的是，我们都没有文化，不懂科学，养的几百只鸡和几百头牛羊，一夜间发瘟死了，血本无归。

中午和晚上，再累，我都要给杨秀富和婆婆抹两次身子，翻几次背。不抹会臭，不翻会长疮烂皮肉。每次给杨秀富擦身子时，杨秀富就哭，就说对不起我，他不晓得这辈子还能不能站起来，要我莫管他，改嫁。一个人改嫁也行，带着儿女改嫁也行。

我不改嫁，他就不吃饭不吃药，逼着我改嫁。我边哭边骂他，你这个没良心的，你人瘫了，脑壳也瘫了？怎么尽讲这些蠢话，一日夫妻百日恩，我怎么能抛下你和阿娘自己跑了呢？杨秀富还是哭着说，你不改嫁，我是把你往黑里拖啊。我说，往黑里拖就黑里拖，总有亮的一天，我们现在不是好好的吗？吃没亏，穿没亏，政府也没有忘记我们穷人，给我们扶贫款，还救济慰问，哪里就黑了呢？只要你好好地活着，我每天天亮睁开眼睛能看见你，这个家就亮着，我就有想头，孩子也有奔头，千万莫再讲这些鬼话了。

　　杨秀富说，你不管我了，就会有政府管我，政府不会看着我病死饿死，你就轻松了。我说，我们有脚有手，有头有脑，什么都不比人家差，不要什么事都要想着政府，依赖政府。全中国那么多人，政府怎么管得过来？如果你也不想劳动，依赖政府，他也不想劳动，依赖政府，政府怎么养得起，再大的政府都被我们吃穷了吃垮了。只要手脚不断，一家人一条心，我们就靠自己。走一脚是一脚，走一脚亮一脚，再苦的日子都能往甜处奔。

　　杨秀富听了，再也不讲这些鬼话了，好好吃饭，好好吃药，瘫了两年，站起来了。重活苦活干不得，但能走能跑，脚边手边的轻活都干得，要不，我也开不起这个农家乐。

　　我们被龙拔二的坚忍顽强和朴素高尚的爱情深深打动了。在她轻描淡写的讲述里，我们看到的是她对爱情的朴素理解，对生活的朴素追求。但正是这种朴素的理解和追求，使她在朴素中有了面对命运的淡定和力量。特别是当她说到不要什么都依赖政府，要自己想办法，如果都依赖政府，再大的政府都会被吃穷吃垮的时候，我们更是被深深震撼了。

在精准扶贫的过程中，太多的人想不劳而获，等着政府给，想着跟政府要，给少了有意见，要多了是本事，而龙拔二想的是少给政府添麻烦，靠自己的双手解决困难，往甜处奔。

我问：你那么困难的时候，你没想过跟政府要救济？请政府帮解决吗？

龙拔二说：不瞒你说，我没想的时候，政府就想到了。虽然我们没有开口跟政府要过，但政府的精准扶贫政策，我们全享受到了。改路，改水，改电，改民居，改厕所，还有合作医疗，都是政府给我们十八洞统一出的钱。

以前种田要交税，现在种田，不但不要交税，政府还每年给我们种田的补贴。生产的，生活的，大大小小的困难和事情，政府都替我们老百姓想到了，解决了。这样的好政府，你到哪里去找？所以，我跟杨秀富说，少跟政府开口添麻烦，能够自力更生的就自力更生。

我也不是什么风格高，就是觉得麻烦政府多了，不好意思。政府要当的不是我杨秀富和龙拔二一个人的家，而是全中国的家。家大不好当，我们能给政府减轻点负担就减轻一点负担。你看现在，我三个女儿都出嫁了，成家立业了，我最小的儿子也在西藏读大学了，杨秀富身体也好了，老人家也养老送终了，我们什么困难都没有了。

杨秀富家这遮风挡雨的斗笠，让人想起风调雨顺；红红火火的辣椒，让人想起红红火火的日子。龙拔二说的少跟政府添麻烦，政府家大不好当，让我看到了一对普通百姓火热的心。（摄影：石林荣）

我们现在搭帮习总书记来十八洞精准扶贫的政策，我们坐在这里开农家乐赚钱，真正是过上好日子了。说心里话，我们对党和政府感恩都来不及，哪里还能再给党和政府添乱。

我笑着说：你们比党员还党员。

龙拔二笑：我们两口子就是党员啊！他是老党员，我是妇女主任，模范带头。

我们一行都由衷地给杨秀富和龙拔二两口子竖起了大拇指。

临别时，两口子站在屋门口一再向我们挥手道别，要我们再来。他们挥手道别的身影，至今还印在我的脑海里，久久不去。那个清瘦的、

穿着对襟衣的苗家男人和那个有点发胖的、穿着绣花苗服的女人，成了十八洞的一幅深刻剪影。

杨秀富、龙拔二夫妻俩这种体谅国家和政府，不"等、靠、要"的自我扶贫脱贫的典型，引起了扶贫工作队的注意。工作队立即将夫妻俩作为典型进行宣传推广，鼓励村民向杨秀富、龙拔二夫妻俩学习，变"政府要我富"为"我自己要致富"，营造一种"自力更生光荣，等靠要可耻"的良好气氛。扶贫要扶智，扶贫要扶志，智力和志气的双重贫困才是农村最大的贫困。智力和志气的双重脱贫才是最好的脱贫。

在扶贫工作队的引导下，十八洞村民的脱贫攻坚，慢慢地由政府帮助造血变成了自我造血，甚至还为大众输血。

在村民施关保家，我们见到了一屋子来取经的人。都到年关了，还有不少人到施关保家取经，有点让人意外。村民们说，没什么奇怪的，因为大家都等不及想要致富了，再不着急，一翻眼皮，又是明年过年了。

笑靥如花的施关保，由远近闻名的穷人成了远近闻名的能人和脱贫致富的带头人。

（摄影：李健）

人间正是艳阳天

来施关保家取经的，有十八洞村的，也有外村的。取什么经？当然是致富经。几乎每天都有不少人来。施关保非常热情，毫无保留进行讲解传授，为大家脱贫致富输送技术。

施关保一家老小5口人，田地不足2亩，以前人均年收入不足1000元。为了养家糊口，他曾先后去过广东、浙江打工，但依然家境贫寒，捉襟见肘。

在"公司＋合作社＋农户"的产业扶贫模式中，施关保在工作队的帮助下，办了5万元贷款到花垣县德农牧业公司领养了12头湘西黄牛，在村口山坳里修建了多功能牛圈。德农牧业公司以每头牛4000元的标准按月拨付放养费，负责黄牛的销路，新生牛犊养到8—12个月后，公司按市场价回收，且按每头2000元的标准予以奖励。

这种一本万利的买卖，是村民们强健筋骨、活血、造血的基础。2014年当年，施关保领到德农牧业发放的养牛补助4.8万元，除去买稻草、玉米粉等饲料开支，净赚了2万多元。尝到甜头的施关保2015年领养了30头能繁母牛，还承包了30多亩池塘，建起了原生态鳝鱼养殖场。同时，还承包了村民家闲置的10多亩土地，种植玉米和培育苗木，搞复合生态养殖。

在养牛过程中，施关保自己钻研学习，摸索出了一套立体生态养殖技术：养牛产生牛粪，牛粪用来肥地，肥地繁育蚯蚓，蚯蚓喂养鳝鱼。牛粪肥过的土地肥沃，蚯蚓疏松过的土壤润湿，正好种植玉米和培植苗木，而玉米和秸秆又可以用来喂牛。如此循环利用，节约了成本，避免了污染，创造了效益。施关保的立体式养殖，仅养牛这一项一年可赚 9 万多元。

施关保由远近闻名的穷人，变成了远近闻名的能人，而且还成了远近闻名的脱贫致富带头人。施关保成功的例子成了精准扶贫中企业帮助村民产业活血、造血，村民自我产业造血、输血的好范本。

12

Hunan Xiangxi
Shibadong De Gushi

　　十八洞的山脚下，是青山夹翠的几条山谷。山峰多，山谷就多，纵的，横的，好几条。山谷林深路陡，却鸟语花香。一层层杂树往上长，一层层翠竹顺坡爬，还有一片片古树枝叶相连，遮天蔽日。走进山谷，凉气带着翠色，绿意逼人。

山谷里，一线线流泉在地上奔走，一条条飞瀑从天上飞落，那都是山谷山洞里流出的矿泉水啊！可是，由于山太深，路太陡，这些富含矿物质的矿泉水都白白地流走了。从第一任扶贫工作队队长龙秀林开始，到施金通、吴启斌、吴仕文、龚海华、石登高、杨建军，每一任队长，都想变成一个个魔法师，把这山泉水装进一个个魔瓶，卖到山外。直到石登高和杨建军两人来十八洞扶贫时，这个魔法和魔瓶，才从梦中走出，变成现实。

青山夹翠的山谷间，一线线流泉在地上奔走。

（摄影：石林荣）

龙秀林到十八洞不到半年，就想把这些山泉水变成矿泉水一壶收了。他自费请来专家到山脚下取水化验，看看水质怎样。结果水质比市面上流行的矿泉水都好。这让他兴奋得睡不着觉，心想，如果建成一个矿泉水厂，整个十八洞的村民入股，村民就富了，村集体经济也有了。然后，他又请人做了一个建设水厂的可行性报告和详细方案，召村民入股，每户5万元。没有钱的，村里担保，可以贷款。村里人认为他是异想天开，都不肯入股，怕钱打了水漂。

村民说，十八洞建什么水厂，卖什么矿泉水，哪个没有"卵事"了，跑到我们这个山沟沟里买瓶水喝？要修，你们政府自己拿钱修。我们不入股，我们那点钱都是养家糊口的救命钱。搞得好，有能力还；搞得不好，倒闭了，哪个来还，钱都打水漂了。

龙秀林不死心，把各组组长找来，再次开会征求意见。各组组长都不同意，说太冒险，没把握，不能搞。建起了没人管，村里没人才，管不好。哪个管都不放心，请别人管更不放心，把我们卖了我们还帮人数钱。

他又找到县里有关部门，希望县里出钱修这个矿泉水厂。可县里扶贫工作百业待兴，先要把路啊，民居啊等要紧的问题解决，哪里抽得出更多的资金解决他的矿泉水厂？直到龙秀林2016年上半年调走也没有做成。

龙秀林走后，接替他来扶贫的新任队长吴启斌也认为这件事切实可行，继续发动群众入股建矿泉水厂。群众还是不愿意。有的还讽刺说，你们扶贫工作队啊，不把我们手里那点钱骗完就是不死心啊，龙队长没骗走，吴队长又来骗。

吴启斌不听这些风言风语。他找到竹子坪小组的杨秀林，希望他牵头做。杨秀林是十八洞的致富能人，头脑灵活，眼睛活泛，会看事，会做事。在外面做包工头，包了不少工程，也赚了不少钱。有眼光的杨秀林觉得既可以自己赚钱，又可以为村里和大家做好事，一举两得，便同意牵头做。杨秀林挨家挨户征求意见时，大家还是不同意，认为工作队是搞鬼搞神，穷搞饿搞，杨秀林也跟着胡搞乱搞。杨秀林只好遗憾地跟吴启斌说，没办法，搞不好，大家不支持，我一个人搞不起来。吴启斌也只好带着遗憾离开了十八洞。

吴启斌离开十八洞后，吴仕文接任队长。吴仕文是跟龙秀林来的第一批扶贫工作队员，连续在十八洞工作4年了，除了龚海华和施金通，他是在十八洞扶贫时间最长的。他先后联系了6家公司来考察，都望洋兴叹。有的感兴趣，却害怕下山的路。要建厂，还得修一条下山的路，那是一大笔额外的开支。吴仕文也只好带着遗憾调回了县里，结束了他的扶贫生涯。

直到2017年5月，石登高来十八洞担任扶贫工作队队长和村支部第一书记，事情才峰回路转。

石登高（中）指导精准扶贫工作。

（照片由石登高本人提供）

这个神转折，就是他遇到了湖南省知名的大企业步步高集团。

石登高跟龙秀林、施金通一样，都是矮矮壮壮的。石登高年纪不大，40多岁，正是年富力强的时候。可是岁月有点着急，过早地翻过了他的额头，让他有那么一点点谢顶，前额一片光亮。

石登高1997年参加工作，先后在县房改办、道二乡政府、县经济局、县政府办、排吾乡政府、石栏镇政府、县财政局工作过。城乡工作经验都十分丰富。花垣县委、县政府把他派到十八洞，也是期望他充分利用自己的工作经验和资源，为十八洞脱贫攻坚打好最关键的一战。

到了十八洞，面对的虽然是一个村，可比他原来管过的一个乡、一个镇还苦。他说当得好镇长乡长不见得能当好村主任村支部书记。

十八洞的精准扶贫，还有一个值得复制的经验，就是通过充分调研，绘下蓝图后，一张蓝图绘到底，不管是谁来接任队长，谁来驻村扶贫，都会在前任的基础上，一张蓝图绘到底。建矿泉水厂，就是一张蓝图绘到底的模范图纸。

矿泉水厂是几任扶贫工作队长的心愿和梦想，可几任都没实现。石登高来后，要继续实现这个梦想和心愿。

前几任已经将路、水、电、特色民居等先后完成了，他现在要做的是扶贫的升级。升级最重要的一个方面就是集体经济。而矿泉水厂是十八洞利用自然优势最可能发展起来的集体经济。所以，他到十八洞的第一件事就是接过前几任的接力棒，建矿泉水厂。

他跟随同来的杨建军又在十八洞的山脚山顶跑了无数趟，以便找到更合理更科学的理由说服村民，也为了在招商引资时，给投资商提供更为翔实的资料。

杨建军是十八洞梨子寨土生土长的县教育局干部。矮小，瘦，却质朴帅气，是年轻的"80后"。杨建军跟施金通一样，是十八洞少有的高学历人才。回十八洞扶贫之前，他是小学老师，后因教学突出，调到县教委办公室任职。

杨建军（中）现场指挥工作。

（照片由杨建军本人提供。）

　　龙秀林到十八洞扶贫时，就多次给杨建军打电话，希望他回到十八洞来，跟龙秀林一起扶贫，为家乡做贡献。杨建军考虑到自己没有行政工作经验，没有基层工作基础，怕来了反倒给龙秀林添乱，婉拒了。但他的人和心却一直没有离开过十八洞。前面说过，他曾经跟一起长大的施金通走遍十八洞山山水水，摄像、撰稿，拍了一个十八洞的风光专题片，做成光盘，以期有人投资十八洞旅游。

促使他回十八洞的，是中央电视台 2016 年春节期间对十八洞连续一周的新闻报道。他看后热血沸腾，有了回十八洞做贡献的强烈冲动。一连几个晚上睡不着后，他给县委组织部写了一封信，主动要求作为精准扶贫的一分子回十八洞扶贫。他说，十八洞精准扶贫的火热实践，他再不参与，以后就没有机会了，他会后悔一辈子。随后，县委组织部批准了他的要求。

回到十八洞，父母很难过，说：你在城里好好的清福不享，偏偏要跑回来扶贫。你回来搞什么啊？村里矛盾多如牛毛，不好搞得很，你回来是得罪人，讨人恨。

杨建军说：外面那么多人帮我们扶贫，我是十八洞人，我不回来扶贫，说不过去。你看施金通大哥，不管在村里还是乡政府工作，都一直在十八洞扶贫，我要向他学习才是。既然回来了，我就不后悔，他们要恨就恨，我又不是为了我自己。

就这样，石登高和杨建军就成了搭档。

功夫不负有心人。两人在为矿泉水厂奔走时，湖南省步步高集团董事长王填来了，神转折就此开始。当时，湖南省人大组织企业家代表团来十八洞考察，上百人的企业家代表开座谈会时，步步高集团董事长王填没有参加座谈会，与几个下属一道，让石登高和杨建军带着直接去了山脚下的水源地，取水取样。

王填说，他这次来十八洞，就是直奔这个矿泉水厂来的。原来，在参加湖南省委组织的一个座谈会时，湖南省委领导告诉他，十八洞的矿泉水资源丰富，扶贫工作队一直想建一个矿泉水厂，但村里没有资金，省委领导问步步高能不能去考察一下。

王填看上去白白净净，质朴憨厚，言语不多，非常低调。我跟他做了两届十年的全国人大代表，我俩讲的话，加起来没有二十句。全国"两会"，都忙着开会议事，没有机会闲扯。我只知道他的步步高大型超市真是步步登高，开到了全国各地。

王填是湘潭人。家在农村，早年就读湘潭商业专科学校时，就自己学着做生意，卖热水壶内胆挣学费。商业专科学校毕业后，他自己开小卖部，然后做副食品代理批发。他跟妻子给这个副食品批发店取了一个非常美好的名字：湘潭市步步高食品公司。

他代理批发的第一桶金是太子奶和统一方便面。为了推销他的代理产品，他踩着三轮车沿街推销，把生意做得风生水起，火爆异常。这个于 1995 年开设小超市批发零售的王填，自己也许都没有想到在这 30 多年的创业历程里，他的企业会从一个小小的批发店变成一个集零售贸易、电子商务、商业地产、互联网金融、物流运输等多个产业于一身的集团公司，他的多业态实体店共 600 多家，遍布全国多个省市，成为中国500 强企业、10 强快速消费品连锁企业，2017 年实现营收 370 亿元。

他的公司从自己一个人到夫妻两个人，壮大到 6.3 万多人。难能可贵的是，王填带领的步步高产业扶贫"点石计划"，共对接了 45 个贫困村，签订的扶贫农产品合同总额达 6 亿多元。十八洞矿泉水厂是他产业扶贫"点石计划"的一个点。点石点石，点石成金，他们就是要用自己的财力能力，为贫困村点石成金。

取水化验后，水质超乎寻常的好。王填一天都不耽误，马不停蹄地派副总陈志强来到十八洞，与十八洞商讨投资合作、产业扶贫事宜。

这让石登高和杨建军欣喜若狂。意见很快达成一致：步步高集团和村里采取 50+1 的分红模式。即步步高集团每年给村里 50 万元固定红利作为村集体经济，再根据生产销售情况，每一瓶水拿出一分钱存入村里，作为村扶贫基金。

签了合同，立马建厂。让王填和石登高、杨建军没有想到的是，建厂难度那么大。这个难度主要是下山的路太差，地质结构太复杂。每修几十米就塌方一次，下山的一公里公路，塌方十几次。工程量和工程难度都急剧加大。

几任扶贫工作队奔波和牵挂的十八洞矿泉水厂，终于出现了神转折。步步高集团爱心帮扶，建成了十八洞矿泉水厂。

（摄影：杨建军）

本来，村民都很支持。塌方一多，很多村民就不干了。因为只要一塌方就是大面积塌方，村民们少得可怜的田地就被掩埋了。修路经过的人家就开始联合阻工。那些修路没有经过的村民也加入了阻工行列，认为是挖了龙脉，龙不高兴了，才老塌方。

石登高、杨建军，还有配合步步高集团负责这个具体项目的梨子寨组组长施六金，只好没日没夜地上门做工作。几座坟地的故事，是建厂过程中最让步步高和十八洞人难以忘怀的。

两座是施金通家的祖坟。

施金通爷爷奶奶的坟也在下山的路旁。不料，施工队施工时，一塌方，将施金通爷爷奶奶的坟掩埋了。那不是一般的塌方，是小半边山塌下去了，泥巴、石头、杂树，堆成了另一座山。施金通爷爷奶奶的坟根本没办法再找到了。

施金通父母面对山一样的塌方，放声大哭：金通啊！你在乡政府好好的，和扶贫工作队修什么路啊？把祖坟都修没了，你阿爷阿婆的尸骨都找不到一根了，你这个逆子，忤逆不孝啊！

施金通也没想到塌方会这么厉害，又心疼又愧疚，泪水也雨似的流下来。

石登高、杨建军和施六金也面面相觑，不知道该如何是好。这不是一般的修路和塌方，这等于是挖了人家祖坟啊！挖人家祖坟，会是什么后果？可想而知。

石登高、杨建军和施六金都觉得这次闯大祸了。一个劲地给施金通的父母道歉，准备挨打。施工队的人，连续两天也不敢露面。

施金通找来香纸，带了一瓶酒和两碗刀头肉，来到塌方的地方，给爷爷奶奶烧了香、奠了酒、摆了刀头肉。他面对祖坟，怅然跪下，重重磕了几个响头，大喊阿爷阿奶对不起，告诉他们孙儿和工作队不是有意的，是为了全村人不再像爷爷奶奶一样过苦日子，请求善良的爷爷奶奶原谅和保佑大家健康、保佑工程顺利。

施金通知道步步高集团和扶贫工作队的人着急，主动安慰他们，要他们继续施工，莫影响工程进度，父母的工作自己去做。这时，他又觉得这是锻炼施六金的好机会，对石登高和杨建军说，要扶贫工作队的唱红脸，他唱白脸，通过这件事锻炼施六金、教育广大群众。

于是，石登高和杨建军找到施六金，要他先去做施金通和施金通父母的工作。他是施工队的负责人，又是梨子寨村民小组的组长，有责任去做施金通及其父母的工作。

施六金一听要自己去做工作，害怕得浑身冒汗，这可怎么做？这不是一般的错误，是扒了人家的祖坟，不挨顿打才怪。所以，他不敢去，也不肯去。要扶贫工作队的人先去。

石登高和杨建军说：我们闯祸了，都要去做施金通和他父母的工作。做不通，整个十八洞建设就受影响了，十八洞人都看着我们哪。你先去，看看他们的态度，你做不通工作，我们再去。如果我们先去，我们也做不通工作，施工进度就会受严重影响。你去，先给我们做工作留个缓冲的余地。

施六金一听有道理，就硬着头皮去了。

施金通假装坚决不见。还让人把他赶了出来。

石登高和杨建军佯装不知，鼓励他继续去做工作，出主意说，他们不开门，你就站在门外一直等着，用实际行动感化他们。

施六金硬着头皮，只好再去。

施金通和父母还是不见。施金通父母还痛哭着骂他不识好歹，六亲不认，借机公报私仇把他家的祖坟扒了。

施六金站在门外说：我不是公报私仇，不是有意的，请老人家原谅。

老人说：你就是公报私仇，你不就是不满意施金通上次在你家栽电线杆了吗？你也不至于心这么狠，把人家的祖坟给扒了。

施六金说：实在对不起，我没有做好工作，太粗心大意了。没有照顾老人家的祖坟，向你们全家道歉，请你们原谅。一笔难写两个"施"，那是你们家祖坟，也是我家的亲戚，我再有意见也不会拿祖坟撒气。

再说，我早就对施金通没意见了，不然我不会带头修这个路，建这个矿泉水厂。说到底，我这也是修的致富路，是为了十八洞村，也是支持扶贫工作队的工作，支持施金通哥哥的工作。请你们理解和支持。

施金通接话说：你这是修致富路，是支持扶贫工作队和我的工作，可是我没有喊你把我家祖坟扒了啊。我家祖坟埋得尸骨都找不到，我怎么理解你，怎么支持你工作啊？

施六金说：我给你道歉，给老人家道歉，我们一定想办法把祖先的尸骨找回来。

施金通说：你讲的比唱的好听，整座山都塌了，整座山都压在祖先身上，挖一辈子都挖不走这座山。

施六金说：挖一辈子也要把祖先的尸骨找回来。

施金通说：你不要讲那么多哄人的话，公是公，私是私。当时，到你田里栽根电线杆，你都x娘翻天乱骂，还要拼命。你今天把我屋祖坟埋了，你讲我会同意你不？我不骂你娘不跟你拼命就是算好的了。

施六金几乎带着哭腔说：当时骂你娘，跟你拼命是我不对，我跟你认错。

施金通说：认错有什么用，祖坟埋了，龙气不见了，不吉利。龙气不见了，影响我们子孙后代。

施六金说：那你想怎么办，哥？你晓得工作难度，你打我一顿好不？

施金通说：我敢打你？你还不吃了我？

施六金说：我错了，你要怎么惩罚，我都认。

施金通见火候已到，态度转变，说：你晓得工作难度，晓得自己错了？

施六金说：我真晓得错了。

施金通说：你错哪里了？

施六金说：我错在不该粗心大意，把先人祖坟埋了。

施金通说：还有呢？

施六金说：还有，还有栽电线杆时，我不该不支持你工作，不该骂娘和拼命。我现在晓得你和工作队为了十八洞脱贫的辛苦了，晓得工作不好做了。

施金通说：你这话讲到点子上了，说明你真认识到错了。好吧，看在你也真是为了工作的分上，我不和你计较了，我阿娘阿爹也原谅你了。青山翠竹埋祖先，我们一起去给祖先磕个头，请他们原谅和保佑我们。我们一起建设十八洞青山绿水，为十八洞脱贫致富做贡献。

施六金感动得立马带着施工队的人一起给祖先磕了几个响头。

这就是施金通，一个乡村干部的义薄云天，一个乡村干部的别样大爱。

另一个是关于迁坟的故事。

关于飞虫寨的村民龙忠诚。

为了避免塌方又埋了村民的祖坟，扶贫工作队就把路途要经过的地方进行了重新测量，看有几户村民的祖坟是在必经的路上，以便做好工作，搬迁祖坟。

龙忠诚一听说自己爷爷的坟要搬迁，拦在路中央，坚决不让。怎么做工作，他都只是一句话，不同意。

问他为什么不同意，他说就是不同意。边说边低头抛火塘里的火，也不看人。

龙忠诚本来就内向，三棍打不出一个响屁，装了心思，就更不爱说话搭理人。

后面，石登高听村民说龙忠诚有心事，心里烦。仔细一问，原来是他不同意女儿的婚事，但女儿却死活要嫁给他不满意的人。龙忠诚本有一儿一女，但儿子几岁时就去世了，他把这个女儿看得比儿子还重，当命养。他本想给女儿在附近找个婆家，随时可以看着女儿照顾女儿，女儿却不听话，自由恋爱，找了个很远的婆家。他坚决不同意，于是父女俩闹崩了，女儿一气之下，不肯回家。

找到症结后，石登高再次上门，做他的工作。这次不提迁坟的事，跟他聊家常，聊到他女儿时，他一个劲地长吁短叹，黯然神伤。

就地就业的十八洞人都成了大自然生命乳汁的搬运工。

（摄影：龙爱清）

石登高说：忠诚大哥，你有什么为难事，跟我们工作队说说，看我们能不能帮你？

龙忠诚长叹一声说：跟你们说也没有用啊，是我自己命苦。

石登高说：你怎么命苦了，不是好好的吗？

龙忠诚说：女儿不听话啊。

石登高说：怎么不听话了？

龙忠诚说：不要我这老子了，嫁得天远地远了。

石登高说：大哥，你这就落后了，现在都什么年代了，恋爱自由，嫁远点就是不听话不要你了？你真封建，那人家好多嫁给外国人到国外去了怎么办？你更加怄气啊？女大不由娘，你养她这么大不就是要她幸福吗？她现在追求她的幸福，觉得那个男人就是她的幸福，你就依了她。你不依她，她一辈子不幸福，不快乐，我们就是害了她。

现在，那个男的年轻，可能跟她和你们做不了什么，只要他以后对女儿一辈子好，一辈子是女儿的依靠，就是最好。我们当老人家的，你还守她一辈子啊？女儿大了，总是要离开我们的，我们总是要交班的。她只要自己觉得好就好。

龙忠诚说：话是这么讲，还是太远了，想看她一眼都不容易。

石登高说：现在交通发达，远什么？坐火车十来个小时都到得了北京，坐飞机两个小时就到了，方便得很。你放宽心就是。你要实在不放心，舍不得，这样好不好？她人嫁出去，户口不迁出去，永远落户在十八洞，只要她愿意回来，永远是我们十八洞的女儿。十八洞现在的日子也越来越好了，她回来了，我们还给她在十八洞安排工作，你看好不好？

龙忠诚不相信地问：真的吗？

石登高说：当然是真的。只要你两父女不扯皮，好好的，就不迁户口出去。你想的时候，她想的时候，都随时可以回来，永远是十八洞的女儿。

龙忠诚做梦也没有想到，多日困扰他的一块心病，石登高就这样轻而易举地帮他解决了。他心也不痛了，胸也不闷了，气也顺畅了，整个天空豁然开朗，明亮了，连声说感谢扶贫工作队和政府。

扶贫工作队和政府如此为他父女俩着想，他却给扶贫工作队和政府出难题，实在有点不好意思。没等石登高开口，他自己就不好意思地先说了。

他说：对不起啊，石队长，让你们为难了。现在我想通了，你们这么为我们老百姓着想，我们老百姓也要为你们着想，我家祖坟你们想往哪里迁，你们就迁吧。迁到哪里，我都同意，我都会去给老人家烧香。

就这样，通往山下矿泉水厂的路，很快修通了。

很快，矿泉水厂也建起来了。

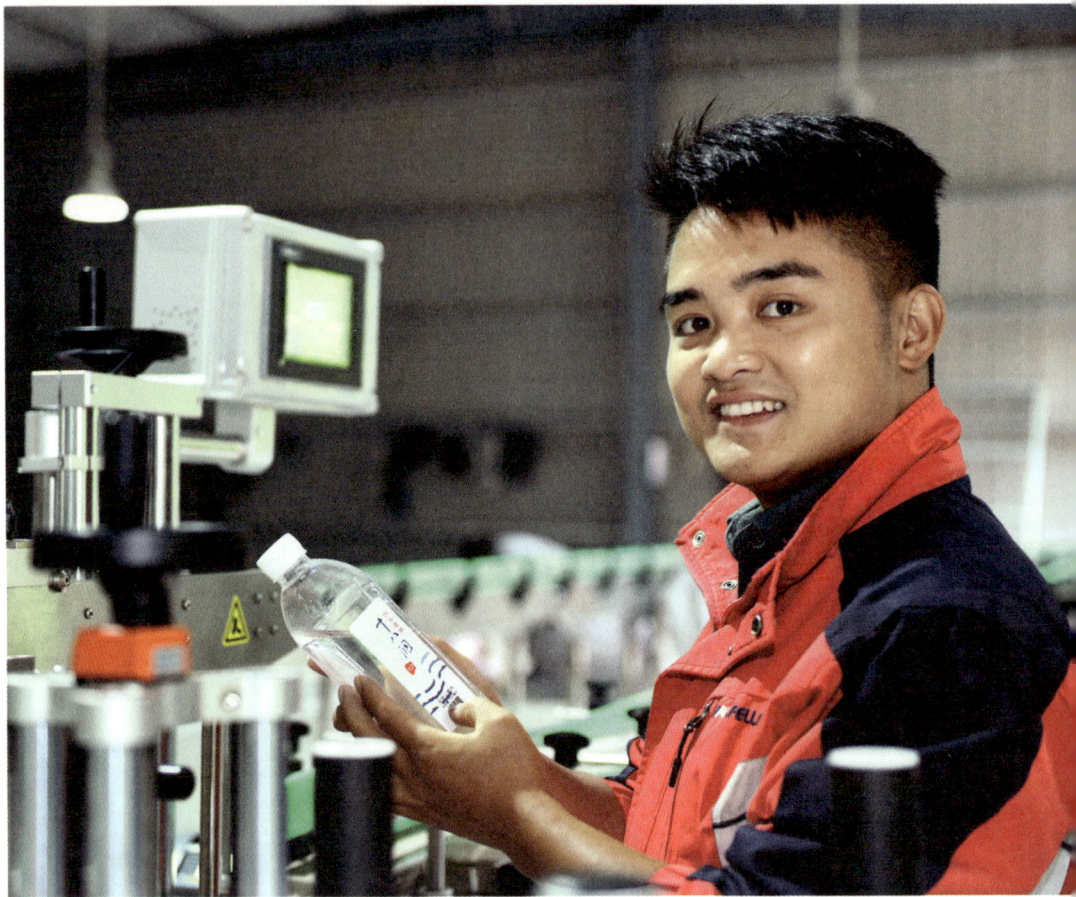

在十八洞矿泉水厂上班的好青年杨斌说：十八洞的水，比别处的甜！

（摄影：李健）

当一箱箱"十八洞矿泉水"走进十八洞的家家户户时，当天南地北的游客到十八洞旅游都喝的是十八洞矿泉水时，当一车车十八洞矿泉水销往全国各地时，十八洞人真的是骄傲自豪。

十八洞的水也能卖钱。

十八洞的水都比别的水值钱。

十八洞人的心啊，骄傲自豪！甜！

Hunan Xiangxi
Shibadong De Gushi

　　说到十八洞，石登高用质朴的理想和真实的数据为我们描述了扶贫
工作队的十八洞梦。

　　第一个梦，资源变资产。

十八洞是上帝遗落在这里的一颗明珠，天是它的画夹，地是它的画布，山是它的画笔，水是它的画意。

（摄影：李健）

十八洞虽然贫穷，可风景优美。古朴的苗寨，纯朴的民风，浪漫的民俗，壮丽的大山，峻峭的峡谷，飘飞的瀑布，神秘的洞天，构成了十八洞旷世绝美的长卷。

在蜿蜒滴翠的青山里，一个个青瓦木屋的苗寨，像一幅幅历经沧桑却历久弥新的水墨画。炊烟袅袅。鸡犬相闻。笙歌唱晚。天是它的画夹，地是它的画布，山是它的画笔，水是它的画意。置身任何一个地方，你都是置身一幅画或一首诗里，你都可以满身画色满身诗意。村前村后，屋前屋后，路上路下，乃至山上的田间小道，都干干净净的，看不到一片垃圾，看不到一块猪粪牛粪。

十八洞是上天遗落在这里的一颗风景明珠，祖祖辈辈都明珠暗投，没有闪烁出它应有的光辉。习近平总书记来后，这颗明珠上的灰尘才被悄然拭去，明珠的光辉才闪射出万丈光芒，吸引了前来参观的所有客人。

扶贫工作队决定把十八洞得天独厚的自然风光变成得天独厚的旅游资源，把得天独厚的自然景观优势、纯朴民俗民风、传统民居特色与习总书记前来走访调研的影响力紧密结合起来，将十八洞村打造成精准扶贫教育基地和美丽乡村旅游胜地。他们引进外资，组建十八洞旅游有限公司，将十八洞 7.9 平方公里的自然资产进行评估，入股十八洞旅游有限公司，占股 49%，安排了 20 多名村民就业。

十八洞旅游有限公司以十八洞艺术团为主体，为客人表演苗家拦门酒、苗家迎宾鼓、苗家上刀梯、苗家踩铧口、苗家飞歌等苗家风情浓郁的节目。

当客人一进寨门，拦门的酒歌在酒香里飞起来时，当苗家的飞歌从清水里洗了又洗、山风里滤了又滤才从苗家男女的心中飞起来时，那清亮、高远的酒歌和飞歌，就一下子飞进了游人的心中，浸入了游人的心底，让游人迷离沉醉。当十几个苗女在十几面苗鼓前翻飞跳跃敲响苗鼓时，当激昂奔放的鼓声在茫茫群山中翻飞跳跃、缠绵萦绕时，那鼓声激起的就不仅是苗家奔放的热情、欢乐的艺术，更是游人兴奋的热望、贲张的激情。而上刀梯、踩铧口等苗家绝技震撼上演时，那游人心里留下的除了震撼还是震撼，除了惊呼还是惊呼，除了赞叹还是赞叹！

这样的高山流水、曲水流觞，只是十八洞等你很久的一泓拦门酒，不喝，你别走。（摄影：石林荣）

如此自然的美景里有如此美丽的人文，谁不会叫好呢？谁不会再来呢？十八洞因此游人如织，一个昔日闭塞落后不为人知的小山村，年接待游客 50 余万人次。

　　如今，十八洞不仅有 8 家农家乐，还建成了有几百个车位的游客接待中心，并引入首旅集团华龙公司、北京消费宝公司，斥资 6 亿元打造以十八洞村为核心的"蚩尤部落群"旅游景区，力争三年内完成国家 4A 级景区创建，致力打造 5A 级景区，更为美好的愿景是十八洞已经落地了最为先进的"地球仓"。

　　"地球仓"是什么？"地球仓"是湖南创客高国友先生自主发明创新的一款国际一流的高科技民宿产品，是中国首款自助式"移动智慧生态酒店"。每个小屋的面积约 16 平方米，来去自如。建房时，只需四根桩基，不破坏森林的一草一木，在森林中搭间房屋，房子与森林融为一体，就像森林里长出来的一样。

　　整个房间采用全模块化设计与生产，通过车辆运抵指定地点，根据不同地势与景观环境进行摆放，调整至最佳景观面，半天时间即可完成一间小屋的组装。生态小屋室内采用现代化的精致装修，通过智能科技的运用打破空间的限制。卫生间、客厅、卧室，精巧雅致，沙发、电视、咖啡机、浴缸等设施一应俱全。

　　床是智能升降的，床肚里藏着沙发、茶桌。白天，将智能升降床上升至房顶，藏在床底下的沙发和茶桌就会露出来，原先还是一张床的位置瞬间变成了客厅。房间里没有画，只有窗，一面窗就是一幅画，房内的落地玻璃能将外面风景尽收眼底。

"地球仓"小屋配置客床升降、智能门锁、污水处理等科技设施，采用全屋智慧控制，入住全程采用"互联网＋"模式运营。顾客入住，只需用身份证或者手机APP在门口刷一刷，然后通过人脸识别就能打开智能门锁，实现自助开房。同时，还可以搜索周边配套的美食、钓鱼、拓展等配套服务。

酒店内还设置雨水收集与污水处理系统，可将屋顶雨水和生活用水收集过滤净化，实现循环用水。而粪便、污水等人体代谢废物，系统自动处理为无臭、无味的有机肥料，用于周边植物培育，最大限度地保护生态资源。游客住进"地球仓"生态智慧酒店，就是入住美丽的大自然，融入美丽的大自然。"地球仓"因此荣获了9项国家创新发明专利。

想想看，当你坐在"地球仓"一样的房间里，就能享用新鲜的空气、坐看鸟飞花开、仰看霞起云落、聆听蛙叫蝉鸣，那该是多么美妙的享受！这种全方位亲近大自然、融入大自然的原生态旅居生活，将对乡村旅游酒店业带来怎样划时代的革命？具有怎样的里程碑似的意义？十八洞作为"地球仓"的首批实验者和实践者，又将会是怎样骄傲自豪的先行者和引领者？

第二个梦，品质变品牌。

因为习近平总书记的到访视察，因为是党中央精准扶贫的首倡地，十八洞成了一笔巨大而无形的财富，成了引人瞩目的金字招牌和品牌。

这块招牌和品牌，将为十八洞世世代代汇聚民力，创造财富，造福百姓。整个世界都换不来。所以，扶贫工作队将十八洞的所有注册公司和所有农副产品，都自豪地统一命名为十八洞。

十八洞野生蜂蜜、十八洞野生茶叶、十八洞有机茶油、十八洞有机菜油、十八洞土猪腊肉、十八洞土鸡蛋、十八洞山竹笋、十八洞野蕨菜、十八洞猕猴桃……统一包装，统一价格，统一宣传。以集团的模式，以统一的品牌，自豪地走出大山，走向世界。

坐在十八洞的"地球仓"里，站看鸟飞花开，坐听蛙叫蝉鸣，仰视霞起云落，那是多么美妙的享受！

（摄影：石林荣）

更为可喜的，十八洞的前瞻意识和战略眼光是全方位的。扶贫工作队积极与国家工商总局商标局对接，完成了十八洞系列商标的注册工作；同时经过艰难谈判，将外界抢注的十八洞商标所有权或使用权成功收回，有力地保障和维护了十八洞全体村民的切身利益和荣誉，为十八洞品牌的价值最大化抢占了先机。

第三个梦，农民变市民。

这是十八洞的终极梦想。

农民变市民，就是要让身在农村的农民们，住在最美丽的青山绿水间，呼吸着最清新的空气，吃着最原生态的食品；有自己的田，自己的地，还能像城里的市民一样劳动轻松愉快，生活方便舒适。

扶贫工作队给十八洞家家户户的民居按原有的民族风貌，统一进行了改造。厨房、厕所、洗浴，都一应俱全，村民们再也不用担心掉进厕所了。一个标准化垃圾场收容了十八洞的所有垃圾。新修的洗衣塘边正有不少苗女谈笑洗衣。山泉水随着自来水管流到了家家户户。水泥包边的石板路跟着山泉通到了家家户户。银行、邮局，都坐落在村子中心，村民们再也不用跑几十里路到乡镇和县城取款存款和邮寄包裹了。

在家门口存钱，在家门口寄信，在家门口看病，久在深山人未识的十八洞人离农民变市民的理想生活越来越近。

（摄影：石林荣）

　　想看书的，有十八洞筑梦图书室；想娱乐的，有十八洞娱乐室；想打球的，可以去篮球场组两支球队；想跳舞的，可以到游客中心扭上几曲。这样的生活，有世外桃源的美丽宁静，又有城市生活的方便舒适，比城市居民不差半分，干吗要当城里人呢？

石拔专和龙德成，十八洞两个最幸福的大姐。

（摄影：周建华）

现在这一切，在十八洞都梦想成真了，十八洞还有一个最大的梦想，就是再办一个精准扶贫讲习所。让习近平总书记的精准扶贫重要思想作为新的红色文化财富和革命思想，在十八洞落地生根，代代传承。"吃水不忘挖井人，幸福不忘习主席"，这是十八洞人现在最想表达的淳朴情感。

　　有一首花垣县苗族青年大修作词作曲并与苗族女歌手龙俞贝一起演唱的苗语歌曲《梦儿讲外外讲梦》，歌名大意是：你不喜欢我我却喜欢你。这首歌因为曲调异常优美、歌词异常贴心而大受湘西各族人民及所有苗族同胞欢迎，十八洞不少人的手机里都下载了这首歌曲：

（男）阿妹嗽，那个妹妹人长得难看良心又丑什么不像什么，你不喜欢我我却喜欢你

（女）嗽，我不好的呀你不晓得，嗽，好过我的人多呢

（男）大太阳天，我在你家玉米地里，我不怕蚊子咬羊儿笑，我悄悄地看，见你美美的样子，我要听你的，优美歌声

（女）嗽，我不漂亮呀你不晓得，嗽，我歌声好难听的

（男）每次你从我家院子走过，我心里就像烧着一团火，看着你匆匆走远，我不会眨眼睛了，你屋老人家很欣赏我，你弟弟是我最好的老庚，是人是众都说我最好，是人是众都讲你是我的

（女）嗽，我懒死懒路啊你不晓得，嗽，烦躁见你啊你不晓得

（男）四五天，你不在家我看不见，菜饭再香我吃不下去，是麻雀也该下树了，是鱼儿也上岸了，我家谷仓都溢出来了，猪圈里的猪装不下了，干柴堆得比山还高，这些你好像都没看见，火坑里的柴火烧得旺旺的，炕上的肉在滴油，来不及吃的鸡蛋都出小鸡了，银子金子不知道拿来做什么，妹妹你来做女主人吧

（女）嗽，我像小孩不会做人的，嗽，我只会吃不会做的

（男）妹妹啊，你不喜欢我我却喜欢你

（女）嗽，我不漂亮啊你不晓得，嗽，我懒死懒路啊你不晓得

（男）妹妹啊，你不喜欢我我却喜欢你

2016 年 2 月 13 日，大年初六，这首歌成了十八洞相亲大会的会歌。整个十八洞都响彻着这首《梦儿讲外外讲梦》。

这天的十八洞是到处张灯结彩的十八洞，是喜气洋洋的十八洞，是人山人海的十八洞。一场"相约十八洞，牵手奔小康"的集体相亲大会正在这隆重举行。

热闹非凡的十八洞相亲大会。

（摄影：石林荣）

天瓦蓝瓦蓝的，蓝得像清水洗过一样，透明的蓝。山墨绿墨绿的，绿得像雨水刚刚浇过一样，崭新的绿。一排排竹篱笆像一行行诗歌，用柔美的韵脚围成一个个菜园，菜园里的白菜、萝卜，就是绿油油的诗意，丰沛而旺盛。一溜挺拔的树梢上，一群喜鹊飞来飞去，不知是赶来看热闹还是赶回去给家人报喜。两棵并行的树干上，"相约十八洞，牵手奔小康"的红色横幅格外醒目，高高的，像爱情的红飘带。昔日的石板坪，早已铺上了喜庆的红地毯。一个不高不矮的台地菜园，也早已改成了喜庆的红舞台。十八洞的男男女女、老老少少，都穿上了节日的盛装，早早地来到了相亲大会的现场。

这是一场由十八洞扶贫工作队和湘西自治州妇联联合举办的相亲大会，是专为十八洞大龄青年举办的一场相亲大会。十八洞太穷，大龄青年太多，前面说过，40岁以上的大龄男子就有40多个，到了结婚的年纪却找不到对象的适龄男青年就更多了。他们很帅，却因为太穷没人要。他们很穷，却又让人觉得不公平。帅哥们怎么都在这穷山沟呢？

扶贫工作队觉得那么多适龄青年该结婚却结不了婚，该有对象却找不到对象，将是个严重的社会问题，会严重影响扶贫脱贫。因为，他们找不到对象结不了婚，他们的心就不在十八洞，他们就会想办法逃离十八洞、飞出十八洞，还建设什么十八洞？还为十八洞脱什么贫、致什么富？要知道，他们可是建设十八洞的主力军啊！没有他们，十八洞就没有生气和活力，没有生机和生命，没有未来和希望。因此，十八洞扶贫工作队决定与湘西州妇联联手，给十八洞来一次爱情的拉力和拉练、爱情的扶贫和助力。

还在 2015 年年底的时候，他们就在各大媒体和自媒体上进行造势，广而告之十八洞将进行一场玫瑰之约，欢迎各界适龄青年踊跃报名。没想到，报名热线居然十分火爆，有上百名适龄女青年要来十八洞相亲，要在十八洞找一个如意郎君。更没想到的是，今天前来现场看热闹的人居然多达 5 万人！邻乡邻县甚至邻省的男女老少都跑到十八洞看热闹来了！

进十八洞的所有村路上都停满了大车小车摩托车，每个小山寨、每个小山头、每家每户都是熙熙攘攘看热闹的人群！那么一个小相亲舞台，怎么可能容得下这 5 万人？看不了相亲，就看风景！所以说，与其说这 5 万人是看十八洞相亲热闹的，不如说是看十八洞风景的。

扶贫工作队和州妇联的同志们不能不感叹习总书记给十八洞带来的巨大影响力，不能不感叹习总书记给十八洞带来的无形资产和财富。

冬天的阳光，温暖地倾泻下来，给这场相亲来了个自然的暖场。开场苗鼓一响、唢呐一吹，拦门酒歌就唱出一碗碗的酒香了，苗歌就飞出一座座青山了，苗舞就跳出一段段深情了，报名相亲的男男女女就开始隆重登场了。

无论男女都要做自我介绍，自我介绍环节真是状况迭出、笑料不断。那些腼腆的十八洞男青年，站台上老半天也说不出话来，头低得不敢看女方、不敢看观众，就像挨批斗一样。主持人就会大笑着打趣：某某某，你是斗地主啊！下面就哄笑一片。有的虽然介绍了自己，可还没介绍完就害羞得低着头跑了，说自己不相亲了，不找老婆了，又惹得众人一片大笑。还有的，不知道说什么，就说自己力气大，会做俯卧撑，还真的做了几十个俯卧撑！连山尖尖都笑弯了腰。

也有不少十八洞的青年大大方方的，出得众，有出息，赢得了满堂彩。前面提到的龙先兰、施六金及尚未提到的杨再康就是。

憨厚、结实的施六金之前因为阻碍村里农网改造而被村民评为最差村民，但他后来却成了村里建设的积极分子，是公认的好村民。加上他一直给客人当免费导游，见的人多，也见过世面，上台时，自然不怯场。他拿了一面锣，铛的一敲，就说起了一段三棒鼓："我是施六金，有颗善良心，哪位姑娘看上我，请放心。"虽然他这次相亲没有成功，但既然那爱情的锣敲响了，迟早会敲开一个女人的门。

与施六金同寨同岁的杨再康则用苗语唱了一首苗歌"我昨天晚上做了一个梦，梦到了日月和星斗相亲，有缘千里来相会，希望你就是那个有缘人"。一个有心的汉族姑娘听不懂，他就一字一句地进行了解释。主持人抓紧机会拉郎配，笑他：哎哟，好耐心！

为了给十八洞的青年助威壮胆，扶贫工作队队长龙秀林在相亲大会上亮出了四张闪亮的底牌。他对所有参加相亲大会的人宣布："如果你们安心嫁到十八洞，我们十八洞电子商务平台优先给你们安排工作，我们十八洞的果业有限公司优先给你们安排工作，我们十八洞的导游团队优先给你们安排工作，我们十八洞的艺术团优先给你们安排工作。"这四张底牌，张张都是大王二王，张张都有底气、有派头。招凤引凰，没有梧桐树怎么能行？

通过这次相亲，十八洞现场有5位大龄青年牵手成功，其中就有前面提到的龙先兰和吴满金小两口。之后又有3位大龄青年成功脱单，其中就有杨再康。

杨再康兄弟三人，上有两个哥哥。由于父亲早逝，失去顶梁柱家境十分贫寒，母亲苦死苦活地把他们兄弟三人养大。相依为命的一家人帮大哥娶了媳妇成了家，大哥却三十来岁英年早逝，嫂子抛下两个孩子另嫁他人，杳无音信。

哥哥走后，杨再康和二哥杨再恩把两个孩子视为己出，承担起了养育两个孩子的重任。为了把哥哥的两个孩子拉扯大，杨再康远去江浙一带，流动打工，把挣来的钱寄给家里，供哥哥的两个孩子读书。二哥杨再恩则留在家里种田种地，照顾母亲和哥哥的两个孩子。两个孩子终于长大了，读了中学读大学，读了大学找工作，一家人历经风雨，总算苦尽甘来。然而，杨再康和杨再恩却因为贫穷，一直没有恋爱结婚，一拖，就都拖过了40岁。

本以为一辈子就这样单身了，不想习总书记精准扶贫的号角一响，他的命运翻开了新的篇章。扶贫工作队"三通""五改"的实施，改变了村里的基本面貌，扶贫工作队的民居改造，他家一百多年的老木屋也得以整修一新。

看到家乡的变化日新月异，游客越来越多，他辞别异乡，回到家乡

开办了农家乐，每月都有万元收入进账。他按扶贫工作队要求栽的桃树采摘权全部销售出去，一年可收入5000多元。他入股十八洞苗汉子合作社栽的富硒猕猴桃每年也可分红5000多元。一个叫彭晨曦的土家族姑娘经人介绍和他结为连理，还给他生了一个大胖小子。两人育小敬老，相亲相爱，勤劳致富，成了十八洞的美谈。

梦几讲外外讲梦——
你不喜欢我我却喜欢
你。十八洞秋千上的
爱情。

（摄影：石林荣）

他说，说一千道一万，都得感谢习总书记，感谢党，没有习总书记和党对十八洞的关怀，他和十八洞都没有今天，他还不知道苦日子什么时候熬出头。他现在最大的心愿，就是尽早帮二哥找一个嫂子，让二哥也过上幸福美满的生活。

十八洞大龄青年的问题，也牵动着习总书记的心。2016年3月的全国人代会上，习总书记参加湖南省代表团讨论时，在倾听了湘西自治州前州长郭建群的汇报后，习总书记特地询问了十八洞的情况。

习总书记说：我正式提出精准扶贫就是在十八洞村，前几天中央电视台报道的十八洞村我都看了，现在人均收入多少了？

郭建群回答：您当年来的时候是1680元，现在十八洞村百姓收入增加了，村容村貌变化了，村民笑容多了，求发展的愿望强了，连大龄青年脱单也容易了。

习总书记问：去年多少人娶了媳妇儿？

郭建群答：7个。

习总书记又问：条件比十八洞村差的有多少？

郭建群答：接近一半。

习总书记听后，语重心长地说：精准扶贫一定要精准，不然就是手榴弹炸跳蚤。对十八洞我是非常关注的，虽然没有再去，但通过各种渠道都有所了解。抓工作不能狗熊掰棒子，去过的地方都要抓反馈。有关部门都派人看过，有的打了招呼，有的不打招呼，看到都是认真抓落实，

忙碌的杨再康。

（摄影：石林荣）

这很好。要坚持以民为本，民有所想所求，我们就要帮助他们，为他们服务。

十八洞第四任扶贫工作队队长吴启斌说：当我们得知习总书记一直牵挂着十八洞，尤其是牵挂着十八洞单身青年的婚姻时，我们都很激动，不少乡亲都流下了泪。所以，我们应十八洞乡亲们的要求，在2017年2月1日，也就是腊月二十一，为十八洞的8对青年举办了集体婚礼。腊月二十一是湘西苗族人过苗年的日子。我们选择这样一个日子为十八洞青年举行集体婚礼，就是想给习总书记汇报，我们十八洞的日子如今好得像天天过苗年了，我们十八洞的乡亲脱贫了，我们十八洞的青年脱单了。

截至2018年9月发稿时，十八洞40来位40岁左右的大龄青年，已有26位成功脱单。

喝喜酒的乡亲们。（摄影：周建华）

我们脱单了，我们多想习总书记吃上我们的喜糖，分享我们的甜蜜。

（摄影：周建华）

2017 年 2 月 1 日，当十八洞又一次张灯结彩、锣鼓喧天时，整个世界都见证了十八洞 8 对青年的集体婚礼和幸福时刻，整个世界都听到了 8 对青年从心底呐喊出的心声：习总书记，给您汇报，我们脱单了！我们成亲了！我们盼着您来吃我们的喜糖！

Hunan Xiangxi
Shibadong De Gushi

　　一晃，时间走到了 2017 年 7 月 16 日。炎炎夏日，南方一派湿热。动一下，就是汗水淋漓。全身黏糊糊的，好不难受。十八洞却是一派凉爽。那些从山谷升起的风和从天边飘来的云，因为茂密森林的过滤，送来的是阵阵清凉。

一场别开生面的诗歌朗诵会正在十八洞举行。

朗诵地点就在十八洞青年集体相亲和举办婚礼的地方。

朗诵者就是十八洞村民、孩子和来自长沙的湖南国强文化发展有限公司的员工及湖南师范大学的师生。

举办单位为十八洞村和湖南国强文化发展有限公司及湖南师范大学。

这是一个主要面向十八洞孩子及村民的跨地区的大型文化活动。活动从十八洞起步，到长沙—延安—梁家河—苏州等地分步举行。

活动的主题：中国梦。

活动的目的：在全国范围内宣传习近平总书记的"精准扶贫"思想，用十八洞的切身实践，让习近平总书记的"精准扶贫"思想在全国深入人心。同时，开阔十八洞的孩子和村民的视野，提升十八洞村民的文明素质，让十八洞的未来薪火相传。

湖南国强文化发展有限公司是 2015 年才注册成立的年轻公司，以推广和传承优秀的中国文化为己任，践行"文化自信"、实施"文化扶贫扶智"、创新文化产业；深入大中院校，传播文化正能量，激发青年学子爱国热情；深入厂矿企业，激发劳动人民的创新、奋斗激情。

在此之前，国强文化发展有限公司已经联合十八洞村，建起了十八洞筑梦书屋，成立了十八洞读书小组，开展了十八洞普通话培训，推动了十八洞劳务输出，举办了十八洞文化讲座等一系列针对十八洞开展的文化智力扶贫活动，深受十八洞村民的欢迎。

第一个上台朗诵的是十八洞村新当选的支部书记龙书伍。他朗诵的是沈从文的《边城》：

那个在月光下唱歌，使翠翠在睡梦里为歌声把灵魂轻轻浮起来的年轻人，还不曾回到茶峒来。这个人也许永远不会回来了，也许明天回来。

沈从文的经典片段激起台下一片掌声。

这个掌声，当然也是送给年轻的村支部书记龙书伍的。龙书伍是十八洞真正见过大世面的人，他到过迪拜。迪拜那座世界最著名的高楼，就是他打工时亲身参与修建的。

这些年，他打工打出了经验，打工打开了世面，打工也打下了情怀，当施金通、龚海华都已经回到乡政府和县政府，石顺莲已经到龄时，村民们希望他回来当支部书记，他毅然放弃了国外的优厚待遇和收入，回来了。

他说：他乡虽好，还是他乡；我乡再差，也是我家。人不能只为了钱米，还应做点公益。

第二个上台的是一个还在读小学的小姑娘。相比龙书伍，小姑娘的普通话要动听多了，虽然也一样夹着难以抹去的乡音。但普通话中的乡音，乡音中的普通话，经过清纯的孩子嘴里时，就像清水洗过、阳光晒过、鲜花抚过一样，比标准的普通话更动听。

小姑娘读的是我的《娘》：

> 月光醒了，可以再回到天空；鸟儿累了，可以再回到森林；儿女没有娘了，就再也无处安生。没有娘的家，是残缺的、空虚的、没有生气的。没有娘的孩子，再大的孩子都是无家可归。娘在，家就在；娘不在，家就散了。娘在，兄弟姐妹是一家；娘不在，兄弟姐妹就是亲戚了。人活一百岁，都得有个娘！没有娘，你的财富能够买断整个江山又怎么样？没有娘，你的权力能够统治整个世界又怎么样？你还是一个无家可归的孩子！现在，我就是那个无家可归的孩子。我把娘弄丢了。我无家可归了。我再也看不到娘天天站在阳台上目送我远去、等着我回来了……

孩子的朗诵，深深打动了每一个人的心。龚海华说，他仿佛看见了很多人从心底流出的泪。

龚海华自己朗诵的恰恰也饱含热泪，那就是艾青的《我爱这土地》：

假如我是一只鸟，

我也应该用嘶哑的喉咙歌唱：

这被暴风雨所打击着的土地，

这永远汹涌着我们的悲愤的河流，

这无止息地吹刮着的激怒的风，

和那来自林间的无比温柔的黎明……

——然后我死了，

连羽毛也腐烂在土地里面。

为什么我的眼里常含泪水？

因为我对这土地爱得深沉……

龚海华说，这是他的心声。虽然他回县城工作了，但他的心从没离开过这片土地。他在十八洞工作了7年，他怎么会离开这片土地？所以，他会常常回来，亲吻这片土地。

老支部书记石顺莲不会朗诵，就站在台上给大家唱了一首自编的苗家山歌：

十八洞的大山高又青，

习近平总书记看我们，

访贫问苦好贴心，

他是我们的好亲人。

十八洞的水来亮又清，

共产党精准来扶贫，

幸福生活天天有，

不忘我们的大恩人。

恩人就是共产党，

恩人就是习近平。

这发自内心的歌声，会不会翻山越岭来到北京？会不会传到亲人的耳边让亲人听？

国强文化发展有限公司和湖南师大的师生们，当然也同台朗诵，给十八洞送来高雅和文明。无论长沙还是苏州，无论延安还是梁家河，无论韶山还是井冈山，每到一地，国强文化发展有限公司都要带十八洞的孩子和村民们看博物馆、科技馆、展览馆、海洋馆、动物馆及农业产业园，让十八洞的孩子和村民，开阔视野，增长见识，长出理想的翅膀。

　　国强文化发展有限公司在十八洞开展系列文化活动，不是用十八洞的山水来为公司修饰，而是要用精准扶贫的精神为公司修身。十八洞也不是为一个公司去站台，而是以精准扶贫的切身体验和成果为全社会去证明。更重要的是，这一系列文化活动的开展，不仅传播了思想，更润泽了人心；播下的是一粒种子，收获的是整个世界。文明的薪火会因此代代相传，梦想的翅膀会因此展翅高飞。

　　正采访时，两个老人相邀来见我们。一个是施金通的父亲施六玉，一个是小学退休教师杨东士。两人说，他们都是表达喜悦的，我们是来表达遗憾的。我一惊，遗憾？什么遗憾？

　　杨东士说：我是一名小学老师。习总书记来的那天，路过我家门口，我一看是习总书记高兴得什么都忘了。习总书记远远地跟我挥手打招呼，向我问好；走近了，还跟我亲切地握手。我当时激动得什么都忘了，居然米有请习总书记到屋里坐坐，我们苗家人好客，贵客都到家门口了，我却米有请习总书记进屋坐坐，不请进屋喝口茶，实在不应该，实在心里过意不去，这不是苗家人干的事。

施六玉说：他见了习总书记，跟习总书记讲了话，握了手还不满足，我才冤呢！前天村里通知我们，说有领导要来看我们，让我们在家里等。我等了一个上午不见来，就去隔壁村里给人帮忙做白工去了。晚上回来才晓得是习总书记来看我们了，我那个悔呀，肠子都悔青了！

你们讲，施金通是什么儿子？是我的儿子吗？不是！他晓得习总书记来，他都不跟我讲，只讲是什么领导来，要是晓得习总书记来，天大的事我都不去做了，一辈子我都等了！现在倒好，整个十八洞的人都见到了习总书记，就我没见到，我还是施金通的爹，施金通是村主任、是副乡长，晓得习总书记来，不跟我讲，害得我一个人米看到，你们说我冤不冤？你们说他是我儿子不？不是！

听父亲一连两次说他不是自己的儿子，施金通笑着辩解：是你自己命不好，还赖我？哪个喊你米有耐心！再说，我也只晓得是中央首长来，不晓得是习总书记来，晓得习总书记来也不能跟你讲，这是组织纪律！

施六玉还是气不打一处来，把头扭向一边，气呼呼地哼了一声：哼，还跟老子讲纪律？你爹是强盗啊？你防强盗啊？白养了！

施金通却得意而开心地笑，笑得跟四周的山色一样清爽明朗。

怎么能不得意开心呢？作为十八洞土生土长成长起来的干部，就这么短短几年时间，十八洞就发生了如此翻天覆地的变化，怎么能不开心得意呢？

2016 年，全村人均纯收入由 2013 年的 1668 元增加到 8313 元，136

人
间
正
是
艳
阳
天

户533名贫困人口全部实现脱贫（含兜底11人），该村相继荣获"全州民族团结进步先进村""全州先进基层民兵连""全省文明村""全省脱贫攻坚示范村"等数十项荣誉；特别是2016年以来，接连获评"全国先进基层党组织""全国旅游系统先进集体""第二批中国少数民族特色村寨"等国字号荣誉。

十八洞凤凰涅槃，成为全国精准扶贫的一面旗帜。

十八洞，人间仙境还是世外桃源？（摄影：石林荣）

16

Hunan Xiangxi
Shibadong De Gushi

　　最开心的当然是湘西自治州州委州政府及花垣县委县政府，因为实践证明，十八洞的精准扶贫是成功的，十八洞的精准扶贫是可复制的。如今，十八洞"精准识别贫困对象、精准发展支柱产业、精准改善民居环境、精准提供公共服务、精准创新扶贫机制"的扶贫模式正在整个花垣县和湘西自治州进行复制推广，并取得了成功。十八洞精准扶贫，为整个湘西、湖南乃至全国提供了"十八洞方案"。

湘西自治州是典型的老少边穷地区，8个县市中，只有州府吉首市为省扶贫开发重点县，其余全是国家扶贫开发重点县，全州299万人口为贫困人口。湖南省委省政府正举全省之力，采取省辖7县市包县、39个省直部门包村的形式精准扶贫湘西自治州。湘西自治州则以十八洞精准扶贫经验为范本，在十八洞精准扶贫模式的基础上，再思考，再升华，又创造性地提出了民生兜底、民力再造、民心再塑的十大精准扶贫工程，即：

以实现全州百姓不愁吃、不愁穿，保障全州百姓教育、医疗、住房三大民生利益兜底为目标，突出重点，精准滴灌，靶向治疗，全力推进发展生产脱贫、乡村旅游脱贫、转移搬迁脱贫、转移就业脱贫、生态补偿脱贫、发展教育脱贫、医疗救助帮扶、社会保障兜底、基础设施配套、公共服务保障等精准扶贫脱贫十项工程，增强百姓的获得感、安全感、幸福感。

曾几何时，这吉首矮寨村的天问台问了上苍无数年，也没有问出脱贫致富的答案，而今，答案有了。

（摄影：向民航）

2014年到2017年，全州实现脱贫30多万人，贫困率下降至16%，农民人均收入由5200多元增加到7400多元，年均增长12%。

打开湘西版图，我们看看吉首市是怎样复制十八洞精准扶贫经验而摘掉贫困县帽子的。

吉首市在湘西北部，是湘西土家族苗族自治州的州府所在地，是湘西土家族苗族自治州的政治中心、经济中心和文化中心。除了龙山县和永顺县，湘西自治州的凤凰县等都与之比邻。吉首市是纯苗族地区。全市 31 万人口，苗族占了 80% 以上，农村人口近 17 万。

走进吉首，满眼的风光满眼的美。一座乾州古城，装满了湘西的历史和文化：建筑古色古香，融湘西吊脚楼和徽派民居为一体，独具建筑之美；整个古城都是历史洗亮的石板路；整个古城都是时光深幽的小巷子；当年天津大沽炮台总指挥罗荣光似乎还在古城的故居里给父母请安；跟随左宗棠收复新疆的封疆大吏杨岳斌似乎还在古城的荷塘边回想平叛的传奇；在湘西读完抗日流亡中学的朱镕基总理似乎还在这里谛听文庙的钟声；万溶江碧绿的琴弦温柔地弹奏着湘西和吉首的前世今生。而一座矮寨大桥，飞过云山，架起天路，穿越一帧帧如画的风光，以四个世界第一，成为世界桥梁史上的地标和奇迹，也成为人间铸就的一道风景。

就是这样一个自然、人文皆美的吉首，却也曾经深度贫困。110 个行政村里有 74 个贫困村，4.4 万贫困人口，是湖南省省级扶贫县。上苍就是这样的不公平，独爱湘西，把最美的风景留给了湘西，把酸楚的贫穷也留给了湘西，让人爱得心疼。

根据十八洞精准扶贫的经验，吉首市委、市政府把精准扶贫作为第一大事来抓。市委对精准扶贫的总体要求是思想认识高于一切，工作安排重于一切，组织纪律严于一切。连续几年，市委常委会和政府常务会每次开会的第一个议题就是关于精准扶贫。市精准扶贫领导小组每周一次办公会议，部署调度和通报精准扶贫工作。市委中心组扩大学习时，还不定期安排市扶贫办的有关同志给大家就精准扶贫工作上课辅导。从市到乡镇街道和村寨社区，都成立了精准扶贫办公室，负责日常的精准扶贫工作对接和布置。

健全精准扶贫组织机制的目的是层层压实责任，即市级领导的领导责任、乡镇街道及村干部的主体责任、责任单位的职能和后盾责任、驻村干部和结对干部的帮扶责任。

为了防止"驻村干部不驻村，结对帮扶挂虚名，帮扶工作流于形式"的现象，切实做到"扶真贫，真扶贫"，吉首市组成了5个脱贫攻坚督察组。这些督察组不定期突击检查和定期电话核查，对扶贫单位和扶贫工作队员进行督促检查，并将精准扶贫工作督查出的问题制成问题清单，将问题清单和任务清单、责任清单一月一督查，一月一通报。工作不落实的，一律通报批评，立即整改；被当作负面典型通报的，一律严厉问责；影响全市脱贫摘帽的，一律依法依规实行顶格处理。从而从制度上保证了精准扶贫工作落到实处，扶出效率，形成了一个上上下下都把精准扶贫当作责任和使命去完成的严肃氛围。

全市353名驻村干部分别进驻140个村常年扶贫，还有9704名结对帮扶干部进村入户，结对帮扶11290户贫困户，奋战在精准扶贫第一线上。一大批典型在精准扶贫工作中涌现出来，成为精准扶贫的感人力量，谱写了精准扶贫的动人篇章。放弃休假的，推迟婚期的，暂缓生孩子的，带病工作的……都只为跑完精准扶贫最后一公里后再出发。

湘西州委州政府因地制宜，实施产业扶贫，成果丰硕。图为吉首隘口茶场。（摄影：周德成）

我们不说别的，先说市扶贫办的几位干部。市扶贫办的两位女干部，都因工作太繁重，怕影响工作而不敢要小孩。市扶贫办干部彭秀峰，家属是农村的，两个小孩，全靠他一月4000来元的工资维持生活。为了两个孩子读书，他一分钱当作两分钱用，至今也买不起房子；上下班连公交也舍不得坐，走路上下班。可是，他照样有结对帮扶的扶贫户，每月都要到他结对扶贫的帮扶户那去帮助解决实际问题。有时候还常常要从自己牙缝里节约出钱来慰问结对帮扶户。

得知真实情况的结对帮扶户感动地说：如果是国家送我的，我就接着；如果是你自己送我的，我坚决不要！你一个月那么点工资，来一次送一次，把一个家都送完了。讲得不好听，你们的日子还没有我们的日子好。

田开文，湘西自治州广播电视大学校长助理，教授，主管教学和行政工作。在精准扶贫的宏伟实践里，这个年过半百的人民教师被派驻到吉首市排杉村扶贫，任工作组副组长。

田开文曾经与我在中学同窗三年，是同窗好友。那时的他聪明、好学、上进，是我们班的班长，人也帅气，深受女孩欢迎。作为湘西广播电视大学的第一批教师和开创者之一，桃李满天下，是典型的新时代知识分子。可是，当学校需要派人驻村精准扶贫时，他没有摆老资格，主动承担起了精准扶贫的重任。

殊不知，他是一个身患肾结石和胆囊炎的病人，常常疼得满地打滚。一连几天在扶贫前线辛苦奔忙，他胆囊炎发作，被送到医院抢救，做了手术。手术一个月后，他又出现在了排杉村里。

他的搭档龙晓颖也是湘西自治州广播电视大学的教师。刚去排杉村的时候，有村民就电话威胁她，要赶她走，村里的项目拨款，扶贫工作队不要过问，少操他们的心。

龙晓颖一个人躲在被子里痛哭，心想：我是来帮你们脱贫的，你们还赶我走。但她又想，我既然来村里任第一支部书记了，我就是村里的长子，就得容忍村里每一个人的脾气，好好地待村里的每一个人，以心换心，把村里搞得像一个大家庭一样，不能遇到困难就退缩。

她知道青壮年都打工去了，他们最牵挂的是家里的老人和孩子。所以，她就先当好这个长子，管好他们的老人和孩子。她经常去村小，教孩子们洗脸刷牙，给孩子们买体育用品，教他们跳绳、打球，开展娱乐活动。孩子们开心的场景，她随时拍下来，传给孩子的父母。对老人，她就登门拜访，陪老人聊天，帮老人干活。老人病了，就求医买药，买慰问品，无微不至。

人心都是肉长的，龙晓颖的好，大家都看在眼里记在心里，不再把她当外来人，而是当亲人。男女老少都叫她姐，即便威胁过她的村民也主动道歉，一口一个姐。

排杉村的椪柑是湘西的特产，非常好吃，但却卖不上价，是村民们多年的心病。田开文和龙晓颖通过实践和摸索，提出了绿色、生态、品牌的发展路子。他们不但请专家给村民上技术课，还积极努力取得了"湖南省无公害椪柑生产基地认证书""无公害农产品证书""进出口水果果园""中国海关报关单位注册登记证"，注册了"金红土"富硒椪柑商标。

有了这些硬件，排杉村的椪柑，走进了上海农博会，走进了大型超市，由原来的几毛钱一斤卖到了5元钱一斤。田开文和龙晓颖还大胆开启互联网电商模式，在互联网上做排杉村椪柑推销员，年产80万斤的椪柑，年年被抢购一空。因为一颗椪柑，因为两位扶贫工作队员，排杉村正式宣布告别了贫困。

正是这样的一群精准扶贫人，精准扶贫才能激活空巢的农村，让农村重新焕发生机与活力。

美丽乡村建设，让本就美丽的湘西，全是清溪水畔夹岸摇橹、桑竹踏歌的人。

（摄影：钱坤）

当扶贫督导组到吉首检查扶贫工作时，村民常常拉着督导人员的手说：你们领导要关心扶贫干部啊，他们为我们太辛苦了，你们要让他们休息休息啊。

他们是真的心疼这些扶贫工作队队员啊！

在湘西的十大精准扶贫工程中，我们无须一一讲述，就看看吉首市的医疗救护帮扶是怎么做的。

"因病致贫，因病返贫"，是农村存在的普遍现象；即便是城市居民，"因病致贫，因病返贫"现象也极为普遍。因此，实施医疗扶贫、健康扶贫，让群众有病能够治，有病放心治，在医疗方面民生兜底，是摆在各级政府面前的一个课题。

作为省级贫困县市，吉首市财政肯定并不乐观，捉襟见肘，但吉首市并没有因此推迟实施医疗方面的民生兜底。他们千方百计从城乡医保基金、民政、财政、医疗帮扶贷款等筹集资金，设立医疗帮扶资金专户，为建档立卡贫困户购买城乡居民医疗保险、大病保险和扶贫特惠保险，扩大医药报销范围，将16种特殊药品纳入医保大病报销，并将医疗实际报销费用由80%提高到90%，特困户100%。在医院开通贫困人口就诊"绿色通道"，实行"一站式、一票制"服务，先治疗，后结算。对此，人民群众真是拍手称快。

他们说，以前看病排一天队也难排上，绿色通道都是给当官的开的，现在不给当官的开，为我们这些贫困老百姓开了，真是党的政策好啊，习总书记好啊！当脱贫摘帽验收组的人询问那些住院的贫困群众时，贫困群众说，我怎么住进来的，怎么出院的，都不知道，政府全安排好了。

2017年底，当湖南省脱贫摘帽验收的同志在吉首市验收时，人民群众的满意率达98.5%，吉首市是全省7个脱贫摘帽县市里人民满意度最高的。习近平总书记说：我们要以人民满意不满意作为衡量工作成败得失的出发点和落脚点，吉首市的人民如此满意，可见人民对吉首市的信任和感情。

2018年4月，湖南省公布的第一批7个县市的脱贫摘帽名单里，吉首市以全省第一的得票率光荣脱贫。

如果说十八洞是精准扶贫的一首诗，那么吉首市就是精准扶贫的一首歌，而我们的湘西大地就是精准扶贫的一幅画。不久的将来，整个湘西必将告别千年贫困，走向繁荣富强。湘西的每一个村庄都会是开满鲜花的十八洞，硕果累累的十八洞，生机勃勃的十八洞，幸福满满的十八洞。

本就世外桃源一样美丽的湘西，到时全是在白云生处阡陌作画、杂花生树的人，是清溪水畔夹岸摇橹、桑竹踏歌的人。

17

Hunan Xiangxi
Shibadong De Gushi

2018 年 6 月 2 日。

杂花生树的十八洞。

当十八洞人桑竹踏歌、阡陌作画时，十八洞的父老乡亲们又一次没有想到居然会迎来远在天边的客人——老挝人民党总书记、国家主席本扬一行。

那天的十八洞，刚刚下过小雨。雨后的十八洞，雨洗过的阳光，刚从云层里钻出来，又新又亮。雨洗后的山色，也湿漉漉的，一片空蒙。云、雾、岚，还有莽莽苍苍的绿，都在雨洗后的阳光里温柔地升腾。

路的起点，是十八洞。路的远方，是全世界。

（摄影：瞿明田）

这样一派明媚的景色，老挝人民党总书记、国家主席本扬一行走进了画中，成了十八洞将时时展现的新风景。

81 岁的本扬，跋涉千山万水，是跟随着习近平总书记的脚步而来的。

81 岁的老人，不远万里，是追寻中国精准扶贫的足迹而来的。

来学习中国精准扶贫的十八洞经验。

来收获十八洞精准扶贫的中国方案。

以期解决老挝的贫困问题、改善老挝的国计民生。

习近平总书记倡导的人类命运共同体，飞越千山万水，有了最好的注脚和实践。念念不忘，必有回响，习近平总书记的人民情怀和人民价值观，在异国他乡，有了共同的情怀和理念，有了人类的共鸣、国际的支点。

本扬最先参观的是十八洞村精准扶贫陈列室。陈列室在十八洞筑梦书屋。一栋两层楼的小木屋。吊脚楼的小木屋，墙上刷的桐油，油光闪亮，油香扑鼻。旁边一块石头上刻着"精准扶贫"四个大字。陈列室里陈列着习近平总书记到十八洞视察时的情景，也陈列着十八洞精准扶贫的成果和湘西自治州十项工程助力精准扶贫的情况。

接待人员介绍了十八洞的情况、习总书记提出精准扶贫的情况、党建情况、扶贫情况。

移步石拔专家中时，这是习近平总书记走访十八洞时到的第一家。

扶贫工作队的杨建军介绍说：这是石拔专大姐，习近平总书记到访的第一家。

本扬握住石大姐的手真诚地问候：您好！

见过习近平总书记的石拔专大姐依旧是落落大方，一脸真诚的笑容。

石拔专大姐说：您好！辛苦您了，跑这么远的路来我们这里做客。

本扬说：我是从老挝来的，知道老挝国家不？

石大姐说：不知道，但晓得您是大官。

听完翻译讲解，本扬哈哈大笑，说：老挝和中国是友好邻邦，两国友谊源远流长，我这次来十八洞是了解你们的精准扶贫工作的。

石拔专大姐一脸真诚地说：欢迎您来我们十八洞。

本扬认真看着习总书记当年跟石拔专的合影照说：精准扶贫后，你现在生活是不是越来越好了？

石拔专大姐说：越来越好了，习近平总书记来过我家，他很关心我们。现在，我有吃有穿，什么都不再愁了，我要感谢习近平总书记。

本扬又问：您家里有几个人？

石拔专大姐说：5 个人。政府关心我，把我女儿女婿和外孙的户口迁回十八洞来了，跟我住，吃住都有人照顾。

本扬说：现在您的生活富裕起来了，欢迎您到老挝走一走、看一看。

石拔专大姐说：那敢情好，多谢您。

在寨子里参观时，看着整洁的青石板路，老挝一行人员赞叹不已。

问：这路是后来修的吗？

杨建军说：这是原来的老路，有的路面坏了，是重新修的。

国家出的钱吗？

是的，国家出钱，我们出工。

走到施成富、龙德成家时，本扬一行坐了下来，在当年习近平总书记跟村民座谈的坪场里，跟村民座谈。

本扬开门见山，再次说：我们这次从老挝来十八洞村，就是来取经的。我们老挝也有很多贫困人口，我们想把十八洞精准扶贫的经验带回去，让老挝的贫困人口早日脱贫。

花垣县委书记罗明简单介绍了十八洞和全县的精准扶贫情况。

罗明说：我们精准扶贫是省、市（州）、县、乡（镇）、村五级层层抓落实，根据各村不同的特点发展不同的产业。十八洞村是以猕猴桃等种植业和养殖业为主，以苗绣等民族加工业为辅，同时大力发展乡村旅游。

本扬问：村里有没有规划？

罗明说：有，每个村都根据自己的实际情况制订规划。十八洞就有乡村旅游规划。

本扬问：村里是怎么管理的？十八洞村的机制是怎么运行的？

村支部书记龙书伍接过话题说：我们有支委会、村委会、监督委员会，还有村民小组长，主要通过村委会和支委运行。

本扬问：监督委员会有几个人？

龙书伍说：一个，是纪检专干。

本扬问：纪检专干负责什么呢？

龙书伍说：监督村支两委。

本扬问：村委会和支委会怎么分工？

龙书伍说：支委会团结带领群众，做思想和生产建设工作，制订规划，集体讨论后，村委会负责抓落实，监督委员会监督落实情况。

本扬问：村支部书记一年工资多少钱？

龙书伍说：一年三万四左右。

本扬问：村主任一年多少？

龙书伍说：是村支部书记的 90%，三万左右。

本扬听后不断点头，也若有所思。

本扬说：看到十八洞村践行习近平总书记提出的精准扶贫思想，短时间内面貌发生了翻天覆地的变化，实现了脱贫致富，我感到十分高兴。你们的省、市（州）、县、乡（镇）、村五级书记抓扶贫，层层抓落实的做法，使我很受启发。老挝还有很多贫困人口和家庭，十八洞村的扶贫经验和做法值得老挝学习借鉴。老中两国是好邻居、好朋友、好同志、好伙伴，一直以来两党两国携手同行、守望相助。我们要互相学习、互相帮助，实现共同发展。

本扬一行虽然只在十八洞停留了短暂的一小时零八分，可这是具有历史意义的一小时零八分，是划时代的一小时零八分。一位来自国外的领袖，万里迢迢来到中国的十八洞，以一小时零八分的世界时间，取精准扶贫之经，说明了中国的精准扶贫具有世界性的意义，说明了中国的精准扶贫将成为全人类消灭贫困的教材，普惠全人类的国计民生。

本扬和他的战友带回的精准扶贫的种子，一定会在他深爱的国土上生根发芽、开花结果，实现他对老挝人民幸福生活的美好期许。全世界会不会因为中国的精准扶贫而带动世界的精准扶贫？那些贫穷，那些饥饿，那些剥削，那些战争，会不会因为中国精准扶贫方案的普及而烟消云散？

18

Hunan Xiangxi
Shibadong De Gushi

　　十八洞精准扶贫的故事到此结束了。十八洞的世界正美好如画。稻田正在扬花抽穗，玉米已经颗粒饱满。黄瓜、苦瓜、丝瓜、南瓜、辣椒、豇豆、西红柿和四季豆，都满园满坡挂着，翠生生的，碧绿绿的，凝着晨露，含着甘霖。

　　十八洞富了。十八洞笑了。十八洞精准扶贫的成功实践已成为一笔巨大的思想财富和精神财富，留存全中国，贡献全人类了。

十八洞的日子，如今美得天天有大喜，天天过苗年。（摄影：周建华）

2018 年，国务院扶贫办公室显示的数据为中国尚有 4000 万贫困人口。中国任重道远。

而联合国公布的全世界贫困人口尚有 13 亿。全世界贫困人口的数量不是在逐年减少，而是在逐年增长。全世界越来越多的能源被人类耗尽，越来越多的财富集中在极少数的个人财团囊中。世界任重道远。

因为精准扶贫是目前中国中心工作的最强音，是中华民族复兴最火热的实践，所以走遍全国，我们都会听到精准扶贫的中国故事，都会有精准扶贫的美好消息。

当我满怀深情倾听精准扶贫的心跳，融入精准扶贫的洪流时，我切身感受到了党的精准扶贫政策给中国带来的日新月异的巨变，感受到了人民群众对精准扶贫政策发自内心的拥护；特别感受到了在中国共产党实施精准扶贫的壮丽事业中，人民群众对党和习近平总书记血浓于水的爱戴和深情。同时，我也发现了精准扶贫过程中存在的新问题和新矛盾，亟待有关部门去认真思考和解决。

扶贫扶懒汉，群众有意见。群众们说，精准扶贫政策好，我们衷心拥护，可是现在享受国家精准扶贫政策的除了老弱病残的，就是好吃懒做的。扶老弱病残，是爱和责任，群众没有丝毫意见；扶好吃懒做，是鼓励好吃懒做，是助长歪风邪气，群众意见特别大。勤劳肯做又勤俭持家的人，什么政策好处都享受不到，更是意见特别大。久而久之，大家都争当懒汉，好吃懒做，不劳而获，因为，一切有政府，再懒都有国家养着供着，而且比勤劳致富者过得还好还舒心。

不少地方就出现了大家为争当贫困户吵得天翻地覆，以贫困户为荣、以不是贫困户为耻的现象，有的家境比较好的人家，把父母老人分出来，住在破旧的房里，让父母去找扶贫工作队要低保。那些老人说，我儿女不管我们了，那些懒汉是政府的群众，你们养着，我们也是政府的群众，你们也得养着。如果扶贫工作队不办低保，这些老人就在扶贫工作队的办公室不肯出去。

扶贫扶难缠，群众心里寒。群众们说，以前我们响应政府号召，听政府的话，计划生育，负担轻一些，日子相对过得好些，享受不到政府的低保，而那些不听政府话，跟政府死缠烂打多生超生的人，却一夜间变成了精准扶贫的低保户，享受国家精准扶贫的所有好处，孩子上学不要钱，家里建房不要钱，生病住院不要钱，农业生产不要钱，逢年过节，政府还上门慰问，而我们这些听政府话的，却什么都没有，我们听政府的话听错了，悔不该听政府的话，不然，我们现在也可以享受政府扶贫的一切好处。所以，现在做村里的公益事业时，不少好吃懒做的、刁钻难缠的，政府再怎么精准扶贫他们，他们依然不被感动，他们认为政府为他们所做的都是应该的，政府不做就会挨批，就会没有成绩，检查组来时，政府还得求他们讲好话，不然，政府就吃不了兜着走。所以，该好吃懒做的还是好吃懒做，刁钻难缠的还是刁钻难缠，公益事业与他们无关。

那些本来一直听政府话，且勤劳肯做的人，因为没有享受到政府精准扶贫的任何好处，也不再积极支持公益事业，不再听政府的话。

他们说，你们要我们干什么？有那些好吃懒做的、专跟你们作对的，他们是你们的心肝宝贝，你们找你们的心肝宝贝去做。所以，农村的公益事业比以前更难办。

这说明什么？说明我们的精准扶贫出现了偏差，有了新矛盾和新问题。习近平总书记的精准扶贫要求一个都不能少，一个都不能掉队，这必须执行。那些好吃懒做的和特别难缠的，也是人民群众的一部分，只要贫困，也必须扶。但是，怎么扶才更恰当、更顺民心，是我们需要认真思考的。

习近平总书记所倡导的精准扶贫，有非常重要的一点——实事求是。

这非常重要。对那些好吃懒做者和刁钻难缠者无底洞似的扶，是不是实事求是的表现，值得商榷。比如，对他们的医疗，不管是什么病，都是100%的报销。而那些没有吃低保，条件相对好点的，却要自己承担很大一部分，一场大病，往往会使他们因病致贫。对好吃懒做者和刁钻难缠者，是不是让他们的生活有基本保障就可以了？对这部分人资金扶贫时，是不是也应该精神扶贫？是不是应该让他们明白好吃懒做是耻、刁钻难缠是恶，让他们懂得感恩，懂得有志气、有尊严？

鉴于此，我们急需完善社会保障体制，实施全民民生兜底，而不是仅仅对扶贫户民生兜底。在医疗、教育、养老等事关民生的社保体制上，全民一视同仁享受国家政策，让社会主义现代化建设成果全民共享。这既保证了社会公平，又顺应了全体民心；在扎扎实实精准扶持贫困户的同时，还应出台政策鼓励勤劳致富者，提升勤劳致富者的再发展能力。

农村勤劳致富者的富，也只是衣食无忧、钱米够用，既没有多少存款，更没有再生产再发展的能力，一场大病就会一贫如洗。说白了，在生产发展上，他们一样是贫困户：智力的贫困，科技的贫困。所以，应该尽早出台鼓励政策，鼓励勤劳致富者在再生产再发展和生活水平再提高方面注入资金和活力。

另外，我还想说，请关心和善待那些奋战在第一线的扶贫工作队员。为了中国精准扶贫这个伟大而壮丽的脱贫事业，我们党、政、军和企事业单位的工作人员，都投入到了这项伟大而壮丽的事业中。是他们的无私奉献和辛勤劳动，才使得我们精准扶贫的事业如火如荼，才使得我们的脱贫攻坚工作像壮丽的日出蒸蒸日上。

十八洞，就这样诉说着全国人民的心声。（摄影：石林荣）

他们有担当，对党的事业充满了忠诚，所以兢兢业业，任劳任怨。他们有情怀，对人民群众充满了感情，所以倾注了心血和感情。他们有的自己本身就是家在农村，家境不好，可是他们还得驻村扶贫，并且常常从自己嘴里节约出来，帮扶人民百姓；他们有的自己就有不少生活压力，比如买房还贷等，可是也得结对扶贫，经常下去帮助结对扶贫户。他们知道这是大局，有大局意识；他们知道这是使命，有使命感。所以，不会有任何怨言。但是，他们需要组织的理解、信任、鼓励和支持，而不是怀疑和惩罚。

对精准扶贫工作，我们需要各级重视，各级监督，各级努力。但这种重视、监督和努力都是建立在对扶贫工作队员信任的基础上的。监督是必须的，任何工作都需要监督，监督是对工作负责，也是对干部本人负责。扶贫工作也是一样。

监督扶贫工作，是为了对扶贫工作负责，对扶贫工作队队员负责。监督的目的，是为了改进和推动扶贫工作更好更顺利地进行，而不是动不动以原罪的姿态、以株连的形式去问责和惩罚。如果抱着扶贫工作队队员有原罪的姿态去督查、以不问青红皂白的株连形式去惩罚，对扶贫工作队队员是一种很大的伤害。

比如，有的扶贫工作队队员在扶贫过程中积劳成疾，生病住院了，有关部门不是去关心和慰问，而是到医院去查扶贫工作队队员的病历，怀疑扶贫工作队队员是装病，实在让人心疼。

我想说，请相信自己的扶贫干部，请善待他们，请爱护他们，在给扶贫对象温暖的同时，也给扶贫干部一点理解和信任。他们真的很辛苦，很忠诚，甚至很无辜。因为，在精准扶贫这样重大的国家行动中，他们是奋斗在前线的主力，是打胜仗的功臣。

精准扶贫，是中国共产党执政为民的一本"道德经"；我们不能念歪了、念偏了，要念好、念正。

精准扶贫是习近平总书记人民情怀的具体体现，他的人民情感和人民情怀，天地可感、日月可鉴。2015 年 10 月 16 日，在"2015 减贫与发展高层论坛"上，习近平总书记充满感情地坦露了自己的扶贫心路历程和实践经过："40 多年来，我先后在县、市、省、中央工作，扶贫始终是我工作的一个重要内容，我花的精力最多。"

在 2017 年的新年贺词中，习近平总书记又充满感情地说："我最牵挂的还是困难群众，他们吃得怎么样，住得怎么样，能不能过好年，过好春节。"

面对日夜牵挂的困难群众，习近平总书记语重心长地说："他们的生活存在困难，我感到揪心。他们生活每好一点，我都感到高兴。"他是这么说的，也是这么身体力行去实践的。

应该说，习近平总书记的人民情感和人民情怀，是在陕西延安市延川县的梁家河插队时就在人民大地上生根发芽的。

1969 年 1 月，不满 16 岁的习近平作为热血青年，响应毛主席和党中央的号召上山下乡到梁家河时，就注定了习近平的人生是与中国人民融为一体的人生，注定了习近平的人生与中国人民血肉相连。

那时候，习近平的父亲、我们的老一辈无产阶级革命家习仲勋正被当作资产阶级的走资派而下放劳动改造，习近平年少的青春是忧伤的青春。但是，善良淳朴的延安人民，就像当年接纳和拥抱毛主席领导的中国工农红军一样，接纳和拥抱了习近平这些知青。他们不但没有歧视这些知青，还时时处处关照这些知青、爱护这些知青、心疼这些知青。延安人民教他们生产，帮他们生活，给他们尊严。自己舍不得吃的留给知青，自己舍不得住的留给知青。自己再委屈，也不让这些知青受委屈。自己再受苦，也不让这些知青受苦。

在梁家河这些父老乡亲的眼里，这些知青都是城里来的、还没有长大的娃，是跟自己的孩子一样的骨肉。对习近平，梁家河的父老乡亲更是倾注了更深的感情。在梁家河父老乡亲的眼里，习近平是年龄最小的，却是最好学上进、最吃苦耐劳、最公平能干、最知恩图报的。

他们知道习近平是当年跟刘志丹一起在陕北闹革命的习仲勋的孩子，也知道习仲勋正在下放劳动改造。可是，他们没有因为习仲勋下放劳动改造就歧视习近平，反而对习近平更为爱护。习仲勋当年作为陕甘宁边区的领袖，领导人民闹革命，翻身的陕甘宁边区人民怎么会不善待习仲勋的孩子呢？习仲勋的孩子回陕北了，就是回家了，就是把孩子托付给陕北的父老乡亲了。

他们百里挑一，选习近平为优秀共青团员出席县里的团代会。他们慧眼识珠，选派习近平蹲点社教。他们排除万难，培养习近平加入中国共产党。他们充满信任，选习近平为梁家河村党支部书记。他们公平地优中选优，把习近平推荐到北京读大学。习近平上大学时，全村人翻山越岭、依依不舍把习近平送了一程又一程，并选派十几个人一直把习近平送到县城的情景，何等的情真意切、情深意长？

梁家河人民这种朴实无华的深情大爱，陪伴了习近平的纯真年代，孕育了习近平的人民情感。人民，就此深刻在习近平的骨血，在习近平的心里落地生根。那时的梁家河无疑是贫穷的。贫穷的土地。贫穷的生活。贫穷的日子。可梁家河的人性、人情和人心却是富有的，温暖的富有，质朴的富有，善良的富有。

正是这种土地的贫瘠和生活的贫困，让习近平切身认识了农村，真切了解了农业，深刻触摸和切入了农村的肌理。正是这种人性、人情和人心的温暖、质朴和善良，让习近平深刻地认识了人民、了解了人民、爱上了人民，让习近平对人民念念不忘、时时感恩。

梁家河虽然只是一个小村庄，却是整个中国乡村和社会的真实缩影。梁家河虽然只是一条小河，却有整个中国长河的流向和潮汐。为了改变梁家河的贫穷，习近平作为村支部书记，在那时就开始了精准扶贫的梁家河实践。

梁家河喝不上清澈干净的水，习近平带领群众打了梁家河的第一口井。梁家河没有柴烧，习近平带领群众修起了全县第一个沼气池。梁家河耕地奇缺，习近平带领群众淤地打坝造田。梁家河没有集体经济，习近平带领群众搞铁业社、办缝纫社、种烤烟、开代销店。梁家河文盲较多，习近平带领群众办识字班，学文化学知识。

上苍就这样把世上最美的风景留给了湘西，美得心疼，疼得醉人。为了响应习总书记"绿水青山，就是金山银山"的指示，整个湘西把绿色生态大家园建设作为精准扶贫最重要的一环。昔日的穷山恶水，都变成了青山绿水、金山银山，变成了世界上最令人神往的世外桃源。

（摄影：瞿明田）

看到梁家河家务和劳务都很繁重，习近平就用县里奖励给他的一辆三轮摩托车给梁家河换了一台磨面机，在村里开了一个磨坊；换了一台手扶拖拉机，为全村人耕地拉庄稼。脱贫致富的每一步都非常精准。

　　梁家河那片土地的颜色是真实的。习近平对那片土地的爱是沉实的。梁家河深扎着习近平人民情感的根。

　　久而久之，习近平对人民的这种感情，自然而然融入了血脉，深刻入骨髓，成了习近平的一种秉性和品格。所以，无论习近平在河北，还是福建、浙江、上海，无论习近平身为县委书记，还是中国共产党总书记和中华人民共和国主席，习近平对梁家河人民的感情，自然升华为对全中国人民的感情，习近平对梁家河人民的感恩，自然升华为对全中国人民的感恩。特别是对老少边穷地区的人民，习近平更是息息牵挂，依依情深。

　　从太行山到大别山，从武陵山到大凉山，从陇中到吕梁，从沿海到边疆，从赣南到东北，习近平的足迹遍布全中国14个集中连片的扶贫地区，访贫问苦，望闻问切，了解民情，体恤民生。一呼一吸都在心，一枝一叶总关情。

　　大到生产发展，小到衣食住行，从医疗、教育、养老等社会保障体制到垃圾分类、厕所改造等生活方式细节，习近平都细致入微地想到了，并要求各级党委和政府切实关怀和落实，真切体现了习近平对人民群众的深情大爱和人民情怀。

精准扶贫是习近平人民思想的重要组成部分。习近平新时代中国特色社会主义思想最重要的思想就是人民思想。习近平新时代中国特色社会主义思想最大的特性就是人民性。人民，是习近平新时代中国特色社会主义思想的灵魂。习近平在任何时候任何场合都强调人民利益高于一切，强调以人民为中心是我们一切工作的根本方向，强调人民满意不满意是我党的终极目的。

　　精准扶贫，是习近平人民思想的重要组成部分。习近平的精准扶贫战略是在扶贫攻坚的宏大实践中逐步丰富和完善的。

　　从摸穷底、找穷因、挖穷根，到真扶贫、扶真贫、真脱贫；从扶持谁、谁来扶、怎么扶，到坚持大扶贫格局，注重扶贫同扶志、扶智相结合，对症下药，精准滴灌，靶向治疗；从"小康不小康，关键看老乡"到"小康路上一个都不能少"；从精准扶贫到美丽乡村、脱贫攻坚、乡村振兴；一个个治国方略，都是在人民群众的脱贫致富上对症下药，开具良方。

　　精准扶贫的唯一目的，就是要全体人民共同富裕；不让一个地区、一个民族、一个家庭、一个人在致富小康路上掉队，让社会主义现代化建设的优秀成果全民共享。精准扶贫，是习近平以人民为中心的人民思想的重要组成部分。

　　精准扶贫是习近平人类理想的智慧结晶。"推动构建人类命运共同体，推动建设持久和平、共同繁荣的和谐世界"，是习近平人类理想的智慧结晶和思想光芒，是习近平为这个世界和人类贡献出的中国智慧和中国方案。这一智慧结晶和思想光芒，得到了全世界的普遍认同和拥护，被写进了联合国宪章。

习近平在构建人类命运共同体的具体实践中所提出的创新、协调、绿色、开放、合作、共赢、普惠、共享等人类理想理念，习近平倡导的"一带一路"倡议，都是习近平人类理想的丰硕成果。要构建人类命运共同体，维护世界持久和平，让世界共同繁荣，消灭人类贫困是共同的使命。

有贫困，就有饥饿；有饥饿就不存在共同繁荣，就会有战争；有战争就没有和平，没有和平就没有世界的和谐。所以消除贫困是全世界和全人类壮丽而艰巨的事业。习近平提出的精准扶贫伟大思想和指挥的精准扶贫伟大实践，正好为全人类贡献了消灭贫困的最佳范本。

联合国副秘书长盖图盛赞"中国是全球减贫典范"，世界粮农组织官员马文森赞誉"中国在精准扶贫上取得的经验对全世界至关重要"，老挝国家领导人本扬亲自到中国来取脱贫致富经，这些都证明了习近平精准扶贫思想是人类理想的智慧结晶，是世界减贫的中国方案。习近平的精准扶贫思想，将是全人类减贫的最好路标。

现在，我们正在沿着这个路标前进。

路的起点，是十八洞。

路的远方，是世界。

人间正是艳阳天——因为精准扶贫，千千万万个像石拔专一样的大姐，
都拥有了这样的好日子、好生活、好福气。（摄影：李健）

后记 / 我的每个文字都是骨髓里的深情

2013年11月3日，当我从新闻里看到习近平总书记去湘西视察时，我的喜悦和幸福不亚于当时见到习总书记的每一个人。那是我的家乡，是生我养我的父母大地，而花垣县十八洞，更是我娘生长的大地。我的喜悦和幸福自然而然，发自内心，来自肺腑，并且喜形于色。时隔5年，当我每次跟人谈起湘西、夸耀湘西时，我都会多了一种自豪：精准扶贫，是习总书记到我们湘西视察时提出的！

当年春节，我就抽了三天时间，在十八洞流连忘返地听十八洞的每一个人给我讲述习近平总书记视察十八洞时的情景，让他们给我传递见到习总书记时的幸福和喜悦。之后的5年，我又分别八次利用休假的时间去十八洞，感受精准扶贫带给十八洞和湘西的巨大变化，感受十八洞和湘西的父老乡亲们对习总书记和党中央的深情厚谊。十八洞的父老乡亲对习总书记的造访百说不厌，我百听不够，仿佛习总书记还在十八洞春风入座。而当我看到以十八洞为代表的父老乡亲的物质生活和精神生活年年有新变化时，我的心也是甜的。我就想，我应该写出父老乡亲的这种物质和精神的巨变，特别是每一位父老乡亲都要我代表他们向习总书记和党中央表达最质朴和最真切的情感时，我更觉得应该写出来，不然我就不是一个称职的作家，不是一个合格的乡亲。

我的湘西是典型的老少边穷地区，当年贺龙两把菜刀闹革命时，数十万湘西土家苗汉人民跟着贺龙出生入死，红二方面军革命根据地大本营就在湘西的塔卧，但是湘西并没有因为是革命老区而倚老卖老，并没有因此跟国家卖穷哭穷，而是一直自力更生、艰苦奋斗。国家也并没有遗忘湘西、忽略湘西，而是将湘西的所有县都列为国家或者省里的贫困县进行扶贫、脱贫攻坚。作为把故乡当作根，每年都要回乡的湘西人，故乡的点滴变化，我都是看在眼里喜在心上。不说别的，就说高速公路，湖南硬是举全省之力，让高速公路把整个湘西连成了一片，湘西的县与县之间，大多只要一个小时就到了，而以前最远的一个县到州府开会出差要走 14 个小时！最快捷的高铁、机场，如今也在建设之中。要致富，先修路，对素有"交通盲肠"之称的湘西来说，让交通便利，是最大的精准扶贫。交通极为不便时，湘西的青山绿水是穷山恶水，而交通便利快捷后，湘西的青山绿水变成了金山银水，世外桃源一样美丽的湘西，成了全世界的旅游胜地。我那个骄傲呀，自豪呀，是从骨缝里冒出的。我就觉得我的湘西全世界最美，没有哪里比湘西更美。所以，我的文字永远没有离开过湘西，永远都在骄傲自豪地夸耀湘西。所以，每当我骄傲自豪我的湘西时，就会骄傲自豪我们这个国家，没有国家的强大，哪有湘西的变化？没有国家的扶贫政策，哪有湘西的脱贫致富？不由自主地，我对我们这个国家充满了爱、装满了情。这种爱和情，正好在十八洞找到了最佳的契合点，我的家国情怀，我的家国之爱，可以在十八洞这篇文章里得到最好的倾诉和表达。

在本书里，你不但可以看到以十八洞为缩影的湘西山水是多么的美、民风是多么的淳、人情是多么的好、人性是多么的真，你还可以看到以习近平同志为核心的党中央扶贫政策是多么的深入民心，看到一群基层干部是如何的尽忠职守。党对人民的情感、人民对党的情意，领袖对百姓的关心、百姓对领袖的亲情，都在我的文字里水乳交融。我的每一个文字，都是骨髓里的深情。

　　如果说我的文字很美，那是因为我的湘西本来很美，扶贫政策本来很美；如果说我的文字特别有情，那是因为我的湘西本来有情，扶贫政策本来有情。我本有爱，当然深吻！

· 鸣 谢 ·

　　本书的出版得到了中共花垣县委宣传部、中共吉首市委宣传部的大力支持，感谢石林荣、李健、周建华、尚林、向民航、钱坤、瞿明田、姚茂祥、龙恩泽、欧勇、彭学康、龙宁英、龙志银、龙爱清、周德成、杨建军等老师，为本书提供精美图片。